»Metzgerskinder sind oft Vegetarier, Zahnarztkinder leiden unter Mundfäule, und die Kinder der 68er wandern nach Bayern aus, um die CSU wählen zu können. Die nächste Generation wird sich immer auflehnen gegen die Ideale ihrer Eltern, und das zu Recht. Denn nur die Betroffenen können sich vorstellen, was es heißt, in einem Extremistenhaushalt aufgewachsen zu sein, in dem man jeden Morgen mit Mettbrötchen, Zahnpflegefaschismus oder dem Brummen der Getreidemühle geweckt wurde. Da muss man einfach ganz, ganz anders werden.« Katinka Buddenkotte wurde Trendsetterin. Und hatte sie alle: die schrecklichsten Jobs, Lebensabschnittsgefährten, Liebesabenteuer, Ideen und Schwächen. Davon erzählt sie so erfrischend unaufgeregt, charmant und tiefernst, dass einem die Tränen kommen – vor Lachen.

Katinka Buddenkotte, Jahrgang 1976, lehrte nach langen Lehr- und Wanderjahren die Betreiber von Call-Centern, Jugendherbergen und Messeständen das Fürchten. Nach Boxenstopps in Berlin, Hamburg und Los Angeles ließ sie sich in Düsseldorf nieder, um als Werbetexterin zu arbeiten und wieder damit aufzuhören. Inzwischen lebt die Autorin in Köln. www.la-buddenkotte.de

Katinka Buddenkotte

Ich hatte sie alle

Erzählungen

Deutscher Taschenbuch Verlag

Ungekürzte Ausgabe
August 2009
Deutscher Taschenbuch Verlag GmbH & Co. KG,
München
www.dtv.de
© 2007 Verlag Die Muschel, Köln
Die Veröffentlichung dieses Werkes erfolgt auf Vermittlung
der Autoren- und Verlagsagentur Peter Molden, Köln
Umschlagkonzept: Balk & Brumshagen
Umschlaggestaltung: Wildes Blut,
Atelier für Gestaltung, Stephanie Weischer
Umschlagfoto und Innenillustration: plainpicture/Stefanie Grewel
Satz: Greiner & Reichel, Köln
Gesetzt aus der Dorian 10,5/13,5 ·
Druck und Bindung: Druckerei C. H. Beck, Nördlingen
Gedruckt auf säurefreiem, chlorfrei gebleichtem Papier
Printed in Germany · ISBN 978-3-423-21156-7

Inhalt

Interview mit einem Vamp 7
Ich bin alle, genau wie du 16
Katrin hatte vor vier Jahren Gebärmutterkrebs ... 27
Behind Bars 33
Chubby Bunnies 39
Nur kuscheln 56
Taschi malt 65
Mein linker Fuß geht zur Gruppentherapie 73
Ach, wär' ich doch beim Erdbeersekt geblieben! .. 88
Die Erdnussflipsstange 99
Anschlussfehler................................. 104
Lenny oder Der Mann ihrer Träume 108
Damenoberbekleidung........................... 116
Mein alter Drachen 121
Zu Kreuze gekrochen........................... 127
Unamerikanisch 131
Versuch's mal mit Gemütlichkeit 136
Ich hatte sie alle 140
Jenseits von Eden – reloaded 149
Warum es der Gastronomie so schlecht geht 152

Interview mit einem Vamp

Während meines Studiums in Berlin arbeitete ich nebenher in einem Call-Center. Das ist komplett gelogen. Wahr ist, dass ich beim Einschreiben an der Uni ganz höflich fragte, in welchem Studiengang ich denn am wenigsten stören würde. Nachdem ich so meinen Namen dort unvergesslich gemacht hatte, sah ich keine Notwendigkeit mehr, die Universität nochmals aufzusuchen.

So arbeitete ich also nicht neben meinem Studium, sondern neben meinem Leben her. Und ich säße wohl auch heute noch bei dem Umfrage-Institut auf Platz 23, wenn nicht auf Platz 24 mein bester Freund Vassili gesessen hätte. Vassili glaubte an mich, völlig grundlos:

»Katinka, eines Tages kommst du ganz groß raus, ich spüre das.«

»Als was denn?«, fragte ich ihn.

Vassili fuchtelte mit den Armen in der Luft herum, schnappte wild nach Luft und verkündete schließlich: »Na, als Quereinsteiger halt!«

Vassili war nie um eine Antwort verlegen – leider. In seiner Eigenschaft als mein »Coach« riss Vassili geflissentlich Stellenanzeigen für »richtige, interessante Jobs« aus der Zeitung heraus, tunete meinen Lebenslauf, und ab und an schrieb ich auch tatsächlich eine Bewerbung. Mindestens eine davon muss ich sogar abgeschickt haben. Denn eines Tages fand sich folgende Nachricht auf meinem Anrufbeantworter:

»Frau Buddenkotte, hier spricht *Schiffheudn* von B-M-G, Berlin. Vielen Dank erst einmal für Ihre lustige Bewerbung. Wenn Sie wollen, können Sie ja mal morgen gegen zehn bei uns vorbeischauen. Wir freuen uns auf Sie.«

BMG? Meine lustige Bewerbung? Was um alles in der Welt hatte ich der Firma BMG geschrieben? Plötzlich fiel es mir wieder ein. Die Plattenfirma BMG hatte vor Wochen eine Anzeige in die Zeitung gesetzt, die ein kleines Comic-Hündchen zeigte. Um das Hündchen herum waren viele saublöde Sprüche arrangiert, so etwa wie: »Hast du auch so eine Spürnase?« Ich hatte damit gekontert, ein spastisches Kätzchen zu malen und noch blödere Sprüche drum herum zu schreiben, wie etwa: »Kann gut mit Mäusen umgehen.« Dieses Machwerk hatte ich in einem Anfall von postpubertärer Renitenz erschaffen; dass ich als Absender nicht »Leck mich« geschrieben hatte, war reiner Zufall gewesen.

BMG fand das lustig. Mir wurde schlecht. Vassili war begeistert: »Das ist dein Durchbruch!«, schrie er ins Telefon. Ja, tatsächlich, ich spürte so eine Art Durchbruch in der Magengegend. Vassili aber war kaum zu bremsen. »BMG, BMG, das ist ja toll! Was hast du denen denn geschickt?«, fragte er.

»Ein Kätzchen …«, röchelte ich ins Telefon.

Stille am anderen Ende. Dann: »Ach du Scheiße. Ich komm' vorbei!«

Als Vassili zehn Minuten später klingelte, hatte er zum Glück schon wieder einen Katastrophenplan entwickelt. Stufe 1 bestand darin, dass ich die homöopathischen Rescue-Tropfen einnahm, die Vassilis Hund auch immer bekommt, bevor es zum Tierarzt mit ihm geht. Stufe 2 beinhaltete ein kurzes Update der gesammelten Informationen. Diese beschränkten sich leider darauf, dass es sich tatsächlich um die BMG, also die berühmte Plattenfirma handelte. Anschließend versuchte Vassili es mit Hypnose: »Erinnere dich, Katinka, die müssen dir doch irgendwie eine Stellenbeschreibung gegeben haben. Die müssen doch gesagt haben, was sie von dir wollen, und du hast daraufhin zurückgeschrieben, was du alles kannst, oder?«

»Ich habe ein Kätzchen gemalt«, wiederholte ich.

Nach vier Portionen K. o.-Tropfen, dieses Mal mit Wodka gemischt, sah Vassili plötzlich den kosmischen Plan hinter dem ganzen BMG-Mist: »Weißt du was? Die wollen dir da gar keinen richtigen Job geben«, lallte er fachmännisch. »Du musst nicht wissen, was da abgeht, du musst nur cool sein. Und souverän. Herrin der Lage, jederzeit. Und wer ist die coolste, abgefeimteste Frau der Welt? Na? Na?« Ich ahnte Furchtbares, ließ ihn aber ausreden.

»Genau, die cooooolste Frau der Welt ist: Alexis Colby! Und von der wird jetzt abgeguckt.«

Vassili hat einen kleinen Tick. Vassili hat ein Faible

für den Denver-Clan. Er besitzt 72 Videokassetten mit allen Folgen darauf – hübsch geordnet in »mit der alten« und »mit der neuen« Fallon. Ich war unfähig, mich zu wehren, also ließ ich mich vor den Fernseher setzen und schaute mir »Best of Alexis« an.

Erst hielt ich es für kompletten Schwachsinn, aber nach einer Zeit empfand ich tatsächlich eine gewisse Hochachtung für Joan Collins. Immer war sie top gekleidet, immer wusste sie ein bisschen mehr. Wie sie alle austrickste, wie sie den Mundwinkel hochzog, ja, und wie sie Steve und Blake gegeneinander ausspielte, wie blässlich diese Chrystal neben ihr doch wirkte. Sie war großartig, brillant und verwegen. In dem Moment, wo die alte Fallon gerade vom Pferd fiel, klingelte mein Wecker.

Es war neun Uhr morgens. Ich sprang in meinen Vorstellungsfummel, während Vassili mir ein Gesicht aufmalte.

»Äh, Katinka, sprichst du da eigentlich mit einem Mann oder mit ’ner Frau?«, fragte Vassili, während er wie ein gestörter Storch durch meine auf dem Fußboden verteilte Garderobe stakste.

»Am Telefon war ’ne Frau, glaube ich …«

»Dann zieh um Gottes Willen was über dieses Fähnchen drüber!«

Vassili warf mir sein Hemd zu, das farblich beinahe passte und einen starken »Cool Water for Men«-Geruch ausströmte. Dank der unmöglichen Pumps, die ich für solche Gelegenheiten aufbewahrt hatte, wirkte ich als Gesamtwerk wie eine unentschlossene Transe.

Der morgendliche Stau gab mir Gelegenheit, noch mal in Ruhe über alles zu transpirieren. Wir bogen in die Zielstraße ein, ich stieg aus dem Auto. Vassili blieb erwartungsvoll im Auto sitzen, leider nicht bei laufendem Motor.

Als ich endlich, sehr zaghaft, bei BMG angeklingelt hatte, öffnete mir *ein Mann* die Tür. Ich sah mich hilfesuchend nach Vassili um. Dieser war aus dem Auto gesprungen, stellte pantomimisch das Aufreißen einer imaginären Bluse dar und wackelte mit nicht vorhandenen Riesenbrüsten.

Der Herr von BMG erblickte Vassili, dann fragte er mich: »Ähem, der junge Mann da hinten scheint Ihnen etwas sagen zu wollen. Kennen Sie den?«

Ich spürte, wie ich erbleichte. Jetzt bloß keine Ausflüchte, bloß nicht irgendetwas nuscheln, der erste Eindruck ist entscheidend. Denk nach! Was würde Alexis Colby in so einer Situation antworten? Und plötzlich, ganz automatisch, hörte ich aus meinem Mund die perfekte, die einzige Antwort, die man auf so eine impertinente Frage geben kann: »Nur flüchtig. Er arbeitet für mich.«

Herr BMG nickte fassungslos, aber er ließ mich ein in die heiligen Hallen der Plattenindustrie. Der Punkt ging also an mich, die Alexis-Taktik funktionierte bis hierhin. Eher grenzdebil als ladylike grinsend folgte ich dem überrumpelten Schergen durch den Flur.

Ich wurde in ein Büro geführt und nahm auf einem Sofa unter goldenen Schallplatten Platz. Ich denke, dass es letztendlich dieser klimatisierte Prunk war, der mich

in meiner neuen Rolle als coloradensische Multimillio-
närin vollends bestätigte. Meine Unsicherheit war von
einem denverclanesken Schleier umhüllt, den ich nicht
mehr abzustreifen vermochte. Die Rescue-Tropfen taten ihr Scherflein dazu. Der Herr BMG grinste mich
verbindlich an und sagte: »Ja, unser Chef, der Herr Niemeyer, kommt dann gleich zu Ihnen. Was zu trinken
solange?«

»Ein nicht zu kaltes Perrier, danke sehr!« Ich winkte
huldvoll wie Queen Mum selig nach dem achten Gin.

Der Mann verschwand, mein wahres Ich klopfte
kurz an meiner Hirnrinde an und fragte Frau Colby,
ob sie noch alle Tassen im Schrank hätte. Immerhin
beruhigte ich mich einigermaßen damit, dass ich keinen
doppelten Martini bestellt hatte. Und was hatte der Typ
gesagt? »Der *Herr Niemeyer* kommt dann gleich«?

Ich riss mir Vassilis Hemd vom Leib, wrang es ein
bisschen aus und stopfte es in meine Handtasche. In
diesem höchst unpassenden Moment trat Herr Niemeyer ein. Joan Collins herrschte ihn durch meinen
Mund an:

»Haben Sie nicht gelernt, bei einer Dame anzuklop-
fen?«

Herr Niemeyer schaute erst extrem verwirrt, dann
extrem belustigt. Ich gab mir eine innerliche Ohrfeige.
Ich musste wieder normal werden. Herr Niemeyer gab
mir keine Chance dazu:

»Entschuldigen Sie bitte, dass ich Ihnen nicht die
Hand geben kann, ich hatte einen Unfall.«

Seine rechte Hand war einbandagiert, aber das konnte auch ein Trick sein. Also sagte ich ganz unverbind-lich:

»Ach? Ich auch.«

Unverbindlichkeit ist in gewissen Situationen nicht gerade unverbindlich. Ehrlich neugierig bohrte Herr Niemeyer nach.

»Was denn, Sie hatten auch einen Unfall?«

Alexis lief in mir zu Höchstform auf:

»Ja, einen Jagdunfall.«

Herr Niemeyer setzte sich wie jemand, der sich set-zen muss. Ich versuchte, die Situation zu entspannen, indem ich mich immer tiefer in die Scheiße ritt:

»Ja, ein junges, unerfahrenes Pferd. Der Stallmeister hätte es gar nicht herausgeben dürfen.« Dazu fabrizier-te ich eine Handbewegung, die ausdrücken sollte, wie unwichtig mir doch diese kleinen Missgeschicke des Lebens waren. Bei dieser Gelegenheit streifte ich eine Vase mit Papageienblumen, die mit einem dumpfen Knall zu Boden fiel. Als Kontrastgeräusch ließ ich ein glockenhelles, hysterisches Lachen erschallen.

Herr Niemeyer glotzte mich an; mir war, als würde seine Hand unter dem Tisch nach dem Knopf für die Falltür tasten. Stattdessen zog er ein Foto hervor. Es zeigte ihn selbst im Reiterdress, ein flottes Pferdchen neben ihm.

»Das ist ja ein Zufall«, sagte er schließlich, »ich nehme doch auch immer an der Fuchsjagd hier teil. Da müss-te ich Sie doch eigentlich kennen! In welchem Verein reiten Sie?«

Hatte der Mann mich durchschaut? War das eine

neue Falle? Vorsichtshalber blieb ich bei meiner genialen Taktik und ließ Alexis tapfer weiterkämpfen:

»Ähem … meine Pferde stehen nicht hier … sie sind bei meiner Familie … bei meinen Ländereien.«

Ich wollte noch »bei meinen Ölquellen auf meiner Privatinsel« hinzufügen, aber Herr Niemeyer wechselte plötzlich und unvermittelt das Thema.

»Eh, nun gut. Das war ja eine recht interessante Bewerbung von Ihnen. Sagen Sie, wie schätzen Sie die Musikbranche derzeit ein?«

Dieser jähe Umschwung zur Fachsimpelei brachte mein Konzept durcheinander. Meine Redegewandtheit ließ kurz nach: »Och, ganz gut so.«

Pause. Große Pause. Herr Niemeyer half mir wieder ein bisschen: »Ich meine, wenn ich Ihnen jetzt ganz konkret erklären würde, wir bringen die *No Angels* wieder ganz groß raus, was würden Sie dazu sagen?«

Niemeyer sah mich lauernd an. Ich lächelte, wie ich fand, entwaffnend. Das war die Sprache, die ich verstand. So wurden im Denver der frühen Achtziger Geschäfte gemacht. In alter Frische antwortete die Alexis aus mir: »Ich würde sagen, dass sie ein ganz ausgebufftes Schlitzohr sind. Sie gefallen mir, Niemeyer.«

Das hatte ich jetzt wirklich nicht gesagt. Doch. Stille. Räuspern. Erneute Stille. Immerhin war der Mann vollkommen fassungslos. Er legte seine raffinierte Tarnung ab:

»Sagen Sie mal, Frau …«, er blätterte hektisch in meinen Unterlagen, »Frau Buddenkotte, was wollen Sie eigentlich hier?«

Das war das Ende. Die kannten meinen richtigen Namen, es war alles verloren. »Hauptsache ein guter Abgang«, raunte Alexis mir im Inneren zu. Ich tat wie geheißen. Ich sprang auf, riss etwa zwanzig goldene Schallplatten mit mir und sprach: »Das ist eine Unverschämtheit, was Sie mir da unterstellen. Sie hören von meinen Anwälten.«

Dann rauschte ich ab, genau bis zum Auto rauschte ich. »Wie war's denn?«, hörte ich einen aufgeregten Vassili wie durch einen akustischen Nebelschleier fragen. Das Letzte, was ich mich sagen hörte, war: »Der Mann könnte uns gefährlich werden. Lad' ihn zum Lunch ein, Steven.«

Dann fiel ich, ganz ladylike, in tiefe Ohnmacht.

Ich bin alle, genau wie du

Oft sind es die kleinen Dinge, die mich faszinieren. Zum Beispiel diese Taste auf meinem alten Staubsauger, die mit dem Steckdosen-Symbol. Man drückte einfach darauf und ssssst, schnappte sich das Biest das Kabel und verschluckte es, röderröderröder. Ich wusste, es funktioniert irgendwie, konnte aber nie voll und ganz verstehen, wie genau, da ich nicht sehen konnte, was im Inneren meines Staubsaugers vorging. Also verschaffte ich mir Einblick – brutal, doch im Sinne der Wissenschaft. Meine Beobachtungen dieser Versuchsreihe lassen sich zu einer simplen, aber wegweisenden These zusammenfassen: Neugier tötet nicht nur Katzen, sondern auch Elektrogeräte.

Ich habe jetzt wieder so einen neuen altmodischen Staubsauger zum Kabel-Selbstaufwickeln. Und ich wage zu behaupten, dass die Macht des Wissens über das Innenleben meines alten neuen Staubsaugers in etwa genauso groß ist wie das Generve mit dem Aufrollen beim neuen alten. Seither muss oder will ich einige Dinge gar nicht mehr so genau wissen.

Zum Beispiel wollte ich nie wissen, wie das tatsächlich funktioniert, wenn ich eine SMS mit der Botschaft »Flirt« an eine hundertstellige Nummer schicke und sofort Kontakt bekomme mit »coolen Leuten, die genauso sind wie du«. Allein den Gedanken, dass es Leute wie mich gibt, die gleichzeitig cool sind, fand ich ziemlich gruselig.

Es begab sich aber, dass eine verheerende Dürre über mein Konto hereinbrach und ich mich gezwungen sah, selbst an dem geringfügigsten aller Joblöcher zu graben. Für 400 Ocken im Monat bewarb ich mich trotz besseren Wissens bei einem dieser Call-Center, die damit um »nette Kolleginnen« buhlten, dass es sich bei dem Job um etwas »Seriöses« und auf keinen Fall um »Telefonmarketing« handele.

Ich bin aufgrund mannigfaltiger Erfahrung etwas misstrauisch gegenüber Dingen geworden, auf denen explizit drangeschrieben steht, was sie sind beziehungsweise nicht sind. Ich meine, ich stecke mir ja auch keinen Zettel an den Hut, auf dem »Hut« steht. Und wenn ich mir statt eines Hutes einen Truthahn aufsetzte, würde die ganze Angelegenheit auch nicht dadurch besser werden, dass ich »kein Hut« auf meinen Truthahn schriebe. Ich denke, wir verstehen uns.

Aber wie gesagt, ich brauchte das Geld und beruhigte mich damit, dass ich als neue Kollegin nur »nett« und nicht etwa »aufgeschlossen« sein sollte oder gar den heimlichen Wunsch zu hegen hatte, mich »in der Welt der bizarren Erotik neu zu entdecken«.

Und siehe da, die erste positive Überraschung in dem neuen Call-Center war perfekt. Es gab keine Telefone.

Spontan dachte ich, dass mir die Arbeit dort gefallen könnte. Dann begrüßte mich mein zukünftiger Chef, der Herr Wedel, und die Zeit der Überraschungen war flugs vorbei. Herr Wedel sah genauso aus wie die Jungen, die man immer vergisst, wenn man die Mitschüler seiner ehemaligen Abiturklasse aufzählt, auch wenn es ein sehr geburtenschwacher Jahrgang war.

Herrn Wedels Motivation, dieses Call-Center ohne Telefone aufzubauen, war eindeutig die gewesen, einmal in seinem Leben gesiezt oder wenigstens bemerkt zu werden. Seine erste Frage an mich war, ob ich noch Fragen hätte. Ich sagte »Erst mal nicht« und fragte dann, worum es denn ginge. Herr Wedel sagte, ihm gefiele meine Einstellung und eine nette Kollegin würde mir das jetzt mal zeigen.

Die nette Kollegin saß vor einem Computerbildschirm und piekte hektisch mit drei Fingern auf der Tastatur herum, als würde sie Brüsseler Spitze online klöppeln wollen. Ich fragte, ob der freie Stuhl neben ihr noch frei sei. Sie sagte ja, und dann zeigte sie *es* mir.

Es war so grausam, dass ich es nicht einmal in meine schlimmsten, schmutzigsten Phantasien mit einbezogen hätte, wenn ich Kontrolle über meine Phantasien hätte. Denn meine Kollegin war »Flirt«. Sie war all die coolen Leute, die genauso sind wie du, und sie war alle auf einmal. Denn die gesamten SMS-Botschaften der hoffnungsvollen Handyflirter landeten alle auf ihrem Computerbildschirm, und sie beantwortete sie mit E-Mails, die dann aber wieder als SMS bei den zahlreichen Handyopfern landeten. Je nachdem, ob der »Klient«

weiblich oder männlich war, war sie das Gegenteil. Selbst für den Fall einer unvorhergesehenen Homosexualität hatte die nette Kollegin vorgebaut: »Wenn du nicht genau weißt, was die so wollen, schreibste einfach, dass du Chris oder Alex heißt. Dann kannste dir dein Geschlecht noch zehn Minuten später aussuchen oder so, ne?«

Ich war tief beeindruckt. Wer hätte gedacht, dass es einen Minijob gibt, der genau wie das Sexualleben der Weinbergschnecke funktioniert. Eine geschlagene Stunde saß ich mit der netten Kollegin da und starrte gebannt auf ihren Monitor. Ich sah, wie sie unter dem Tarnnamen Marco die kleine Angela nach ihrem Männergeschmack ausfragte und dann wieder unter dem Pseudonym Vanessa den Ulf aus Heidelberg scharfmachte. Zwischendurch verdrückte sie drei Bananen, eine Literflasche Cola light und zwei *Bild der Frau*.

Vier andere nette Kolleginnen saßen im Raum verstreut und stöhnten zwischendurch auf, wobei sie kodierte Phrasen droschen wie: »Oh nein, ich habe wieder den mit dem Gummimatten-Fetisch online« oder »Weiß jemand, was gerade auf Sat 1 läuft? Ich hab dem Typen geschrieben, dat ich auch gerade gucke.«

Das Einzige, was mich vom sofortigen Erbrechen zurückhielt, war, dass es von Minute zu Minute noch ekelerregender wurde: »Und wennde gar nicht weißt, was du so antworten sollst, dann mach' einfach so einen Smiley oder so dazu«, sagte meine nette Kollegin noch, bevor ich wieder zurück ins Chefbüro wankte.

»Herr Wedel«, keuchte ich, »das hier ist das Mieseste, Verabscheuungswürdigste und Widerlichste, was ich jemals auf dem freien Arbeitsmarkt gesehen habe.«

Herr Wedel sah mich an, als würde er noch überlegen, ob ich den Job oder ihn persönlich meinte: »Es zwingt Sie natürlich keiner, hier zu arbeiten.«

Ich holte tief Luft.

»Zahlen Sie zum Ende oder Anfang des Monats?«

Herr Wedel reichte mir wortlos meinen Arbeitsvertrag und den Schichtplan. Schon am nächsten Tag würde ich alle coolen Leute sein, die genauso sind wie du, nicht wie ich.

Die ganze Nacht zuvor tat ich kein Auge zu. Dann redete ich mir ein, ich sei Günter Wallraff. Als ich mich einigermaßen davon überzeugt hatte, musste ich nur noch meinem Freund einreden, dass ich Günter Wallraff sei. Er war wenig begeistert, schließlich erklärte er sich aber für eine Provisionsbeteiligung von fünfzig Prozent dazu bereit, für die Zeit der Recherchearbeiten Frau Wallraff zu sein.

Das erste Mal war das schlimmste. Geschlagene fünf Minuten starrte ich die Nachricht an, die auf meinem Bildschirm aufblinkte. Sie lautete: »Hi, ich bin Sabrina.«

Schließlich überwand ich mich und schrieb zurück: »Hi, hier ist Günter. Was geht ab?«

Aller Wahrscheinlichkeit nach ging bei Sabrina gerade so viel ab, dass sie mir nicht sofort zurückschreiben konnte. Dafür bekam ich eine Nachricht von Ralf. Ralf war ein alter Bekannter im Call-Center. Leider nicht für mich. Laut seines aussagekräftigen »Klienten-Profils« war er Kfz-Lehrling, gepierct, stand auf Frauen und unterhielt sich mit mir, also der Meike, 19, die gern ins Kino ging. Ralf ließ mich wissen, dass er einen »doofen Scheißtag« gehabt hatte, und das um zwölf Uhr mittags. Ich schrieb ihm in meiner Funktion als Meike zurück: »Ich auch.«

Ich zögerte etwas, die Nachricht abzuschicken und malte schließlich noch ein paar Smileys dazu, um sie gehaltvoller zu gestalten.

Dann schrieb mir Sabrina zurück: »Ich glaube, du bist zu alt für mich.«

Sofort bemerkte ich meinen eklatanten Fehler und schrieb an Sabrina:

»Hey, ich heiße nur Günter, bin aber erst 19.«

Ich fand mich ziemlich raffiniert, und den Günter auch.

Dann war ich eine halbe Stunde fast nur Lars, der sich mit der Conny unterhielt. Conny hatte keinen Bock mehr, sich mit mir per SMS zu unterhalten, und wollte mich endlich sehen. Hektisch blätterte ich im Handbuch, das ein paar Standardantworten für solche Fälle parat hielt, und wählte die ehrlichste aus. Ich schrieb Conny zurück, dass ich »halt total schüchtern« sei, und malte ein paar Smileys dazu. Vierzig Smileys, um genau zu sein.

Die Conny schlug mir daraufhin ein paar interessante Möglichkeiten der sexuellen Befriedigung durch Nutzung diverser Körperteile vor, ich mailte, ganz schüchtern, einen traurigen Smiley und schrieb dazu, dass traurige Smileys ja etwa gleichbedeutend mit schwarzen Schimmeln seien. Conny schrieb eine lange Reihe Fragezeichen zurück, dann riet sie mir, meinen Kühlschrank zu entleeren, wenn es schon so arg mit dem Schimmel sei. Ende des Kontakts mit Conny.

Sabrina allerdings meldete sich wieder. Sie, Sabrina, sei schon 22, also ginge das wahrscheinlich nicht, ich hätte bestimmt Probleme mit älteren Frauen. Ich mailte ihr zurück, dass das Alter doch unwichtig sei und sie ihr ganzes Leben doch noch vor sich hätte. Sabrina meinte, dass ich das schön gesagt hätte. Ich schickte ihr einen philosophischen Smiley, den ich aus den Paragraphenzeichen kreierte. Sie verstand das nicht. Sie wagte zu behaupten, ich würde nur mit ihren Gefühlen spielen. Ich schrieb zurück: »Ich auch.«

Dann meldete sich Ralf wieder, der es bedauerte, dass mein Tag auch scheiße gewesen sei. Ich schrieb ihm: »Danke Ralf, das habe ich gebraucht. Dein Günni.«

Ralf und ich führten anschließend eine rege Diskussion darüber, warum sich Meike an ihren Scheißtagen Günni nannte. Schließlich konnten Meike, Günter und ich ihn von der Idee überzeugen, und Ralf beschloss, sich an seinen Scheißtagen Uschi zu nennen. Kurz vor Schichtende versuchte ich diese neue Information in Ralfs Profil mit aufzunehmen, aus Platzmangel konnte ich aber lediglich die Botschaft »Wenn scheiße Uschi« unterbringen. Am Abend hielt ich mich für äußerst durchschnittlich begabt, was heiße Flirts anging.

Bei meiner nächsten Schicht wurde ich etwas gelöster. Die ersten zwei Stunden meldete sich aufgrund eines Computerfehlers niemand bei mir. Ich sah, dass jemand hinter meine Meldung in Ralfs Profil tatsächlich noch ein »Transe?« gequetscht hatte, und freute mich.

Dann hatte ich zum ersten Mal Sex. Sie hieß Jutta und wollte mit mir in die Wanne. Ich schrieb ihr, getarnt als Udo, zurück, sie solle sich schon mal ausziehen, ich käme dann gleich. Jutta missverstand das und schrieb, ich solle wenigstens warten, bis sie in der Wanne läge. Sie wolle auf meinem heißen Ständer reiten. Ich erlaubte es ihr und schrieb noch ein »mmhaooooooooooooooooh« mit sechzehn »o« dazu. Nach zehn Minuten bestätigte mir Jutta, dass ich genau wüsste, wie man eine Frau in der Wanne zu nehmen habe.

Dadurch angespornt lud ich alle meine aktuellen Flirts zu einem heißen Bad ein. Christian zierte sich erst etwas, aber als ich ihm versicherte, er habe das schönste Quietsche-Entchen, machte er sich richtig locker. Katharina, die Hebamme, kam richtig aus sich heraus, und bei Schichtende waren alle sauber und Katharina immer noch feucht.

Nur Kerstin wollte nicht mit mir baden. Sie wollte mit mir, also dem Kai, 35, der den Sommer und gutes Essen liebt, reden. Über ihren Benny, der ihr Sorgen bereitete. Nachdem ich mich erkundigt hatte, ob Benny vielleicht seinen Vater vermisse oder schulische Probleme habe, erfuhr ich, dass Benny erst vier sei. Aber an der gestörten Vaterbeziehung, da sei vielleicht was dran, immerhin sei Benny schon mit fünf Wochen vom Rest des Wurfes getrennt worden, und Siamkatzen seien ja bekanntlich sehr empfindlich.

Am Abend schwor ich mir, die Profile meiner Flirtpartner genauer zu lesen und nur einmal wöchentlich mit allen zu baden.

Tags darauf tat ich etwas Unüberlegtes. Ralf gestand mir, dass er nur noch Uschi sein wolle. Ich mailte ihm die Adresse eines befreundeten Schauspielers, der ihm bestimmt mit Pumps Größe 44 aushelfen könne.

Stolz darauf, einem jungen Mann sein Coming-Out ermöglicht zu haben, schwafelte ich einige Zeit mit Kerstin über Gott und die Welt. Ich ließ mich von der Existenz eines Katzenhimmels überzeugen, gab aber zu bedenken, dass es dort vegetarisch zugehen musste, weil es ja der Gerechtigkeit halber auch einen Thunfisch-, Hammel- und Lammragouthimmel geben müsse.

Als Kerstin schrieb, ich brächte sie zum Lachen (mit drei Smileys), fiel mir siedend heiß ein, dass Ralf ja jetzt tatsächlich und in echt meinen befreundeten Schauspieler anrufen könnte und ihm sagen würde, er habe die Nummer von Meike. Oder Günter. Mist. Ich schickte eine echte SMS an meinen schauspielernden Freund mit der Botschaft: »Wenn Uschi oder Ralf dich anrufen, ich bin Meike oder Günter, okay?«

Bevor ich eine Antwort bekam, hatte sich Kerstin zu einem großen Schritt entschlossen. Sie wollte mich kennen lernen. Live und in Farbe. Weil ich so aufgeregt war, schrieb ich ihr zurück, dass ich im Moment keine Zeit für sie hätte. Mein Handy piepste, die SMS kam von meinem Schauspieler und bestand aus Fragezeichen ohne Smileys. Kerstin war verletzt und weinte. Sie wollte sich umbringen, ein Leben ohne mich mache keinen Sinn. Ein Smiley mit durchgekreuzten Augen am Ende ihrer SMS bestätigte die Ernsthaftigkeit dieser Botschaft. Ralf schrieb mir gleichzeitig, er könne bei der Arbeit keine Pumps anziehen. Ich hämmerte meine Antworten hektisch in die Tastatur ein.

Ich schrieb »Natürlich kannst du das, Schatz« an Kerstin und ein knappes »Stimmt« an Ralf. Ich atmete tief durch, bis ich bemerkte, dass ich die Antworten vertauscht hatte. Ich beschloss, dass Kerstins Lage ernster war, und jagte folgende Nachricht hinterher: »Stimmt. Ich kann ohne dich auch nicht leben. Aber ich kann dich nicht treffen. Ich bin hässlich.«

Für Ralf kam jede Hilfe zu spät: »Wenn du das sagst, Günni, dann geh ich jetzt los. Ich ziehe jetzt das Sissi-Kleid an. Melde mich nach der Schicht noch mal.«

Kerstin schrieb zurück: »Das ist doch kein Hindernis, Schatz. Ich bin auch nicht so schön. Wir können ja erst mal telefonieren.«

Völlig verzweifelt schrieb ich Kerstin zurück: »Es geht nicht. Ich ... ich ... stottere.«

Das hatte gesessen. Kerstin antwortete nicht mehr. Ich versuchte, die Nummer von Ralfs Arbeitgeber herauszufinden, um ihm mitzuteilen, dass Ralf eine Wette verloren habe und deswegen im Abendkleid aufkreuzen würde. Ich erreichte den Meister tatsächlich, der ein echter Sportsfreund zu sein schien und nur meinte: »Na, die Figur dafür hat der Ralfie wenigstens.«

Meine netten Kolleginnen im Call-Center sahen mich schon ganz merkwürdig an. Ich sah Kerstins neue Nachricht aufblinken. Es waren fünf neue Nachrichten, um genau zu sein. Sie schrieb: »Kai, mein Schatz, es gibt doch für alles eine Lösung. Wenn du mich jetzt anrufst, ist das ein erster Schritt. Ich habe dir auch die Nummern einiger Selbsthilfegruppen für Stotterer herausgesucht. Aber das Wichtigste ist jetzt, dass wir reden.«

Ich fühlte mich so schlecht. Und ich fühlte Günni, Meike und Kai schlecht. Ich schämte mich für sie alle. Ich war kurz davor, Kerstin zu beichten, dass ich ein Computer war. In diesem Moment gab mir meine nette Kollegin ein Zeichen, dass unser Chef gerade meinen Computer anzapfte. Ich nahm alle Ekelhaftigkeit meines verdorbenen Charakters zusammen und schrieb Kerstin: »Schatz. Es tut mir leid. Ich stottere nicht nur, sondern bin außerdem noch taubstumm.«

Ich weiß nicht mehr, ob oder was Kerstin geantwortet hat, denn ich war so bewegt von meiner eigenen Niederträchtigkeit, dass ich die Tastatur aus dem Fenster schleuderte. Vielleicht habe ich deswegen bis zum heutigen Tag keine Kohle von meinem ehemaligen Arbeitgeber gesehen.

Katrin hatte vor vier Jahren Gebärmutterkrebs

Katrin hatte vor vier Jahren Gebärmutterkrebs.

Ich bin mir jetzt sicher, dass man einen Text mit diesem Satz anfangen darf, denn Katrin fängt jeden Text mit diesem Satz an: »Hallo, ich bin die Katrin, ich hatte vor vier Jahren Gebärmutterkrebs. Am Samstag wird mein zweites Patenkind konfirmiert, da kann ich am Donnerstag nur ganz schlecht die Schicht übernehmen, hättest du da nicht Zeit, Katinka?«

Wie abgebrüht muss man bitte sein, um dieser tapferen Frau mit »Nein« antworten zu können? Sie hatte vor vier Jahren Gebärmutterkrebs. Also sage ich: »Ja, schon. Aber ich habe das noch nie gemacht.«

Katrin lacht mich an, ihre von Naturkosmetik rot geschrubbelten Apfelwangen glühen vor Enthusiasmus: »Deswegen zeige ich dir das jetzt. Es kommt ja nur auf die positive Ausstrahlung an. Kannst du schon mal den Bus einräumen? Ich muss noch mal eben an den Computer ...«

Klar kann ich den Bus einräumen, so schwer wird das nicht sein. In die oberste Schublade kommen die

Einwegspritzen, nach Größe geordnet, dann die Kondome, die Taschentücher, unten das Gleitgel. Broschüren muss ich nicht einräumen, davon sind noch genug da, die nimmt eh keine von den Frauen mit.

Ich koche Tee und koche Kaffee, während Katrin im Büro wichtige Telefonate führt: »Dann sehen wir uns morgen, mal *so richtig* ausquatschen, jetzt hab' ich gar nicht so viel Zeit, Mutti, ich arbeite ja sechzig Stunden die Woche, und noch ehrenamtlich, obwohl ich ja aufpassen sollte, wegen dem Krebs vor vier Jahren.«

Ich ertappe mich dabei, wie ich denke, dass Katrin ihre Arbeitszeit bestimmt extrem herunterschrauben könnte, wenn sie gewisse Informationen einfach mal als bekannt voraussetzen würde. Ich warte unten vor dem Bus, zwanzig Minuten im strömenden Regen.

»Jetzt müssen wir uns aber beeilen«, belehrt mich Katrin, während sie sich auf den Fahrersitz hievt, »du könntest ja schon mal das Tor aufmachen, das wäre total nett von dir.«

Obwohl Katrin vor vier Jahren Gebärmutterkrebs hatte, ist sie sehr verständnisvoll gegenüber Leuten wie mir, die nicht so auf Zack sind wie sie. Ich steige also wieder aus, gehe an dem Tor vorbei, an dem Katrin gerade vorbeigegangen ist, und öffne es. Sie fährt den Bus durch das Tor, ich schließe das Tor und steige wieder in den Bus ein.

»Hast du auch die Brötchen eingepackt?«, fragt mich Katrin, während wir uns durch den Feierabendverkehr Richtung Babystrich vorarbeiten. Natürlich habe ich die Brötchen eingepackt, die ich Stunden zuvor geschmiert habe. Ich reiche Katrin die Tüte zur Inspektion, natürlich kann ich bei meiner ersten Schicht nicht alles richtig machen.

»Am besten, du machst beim nächsten Mal noch mehr Nutella-Brötchen, die gehen einfach am schnellsten weg«, sagt Katrin und schafft es, noch zwei Nutella-Brötchen während des Einparkens zu verputzen.

»Ich habe den ganzen Tag noch nichts gegessen, ich war nur im Stress.«

Ich verkneife mir eine Antwort wie »Och, das sieht man gar nicht« und frage auch nicht blöd nach, ob die Brötchen nicht doch vielleicht für die Junkies bestimmt waren. Die Katrin wird's schon wissen, sie hatte ja vor vier Jahren Gebärmutterkrebs.

Katrin und ich stellen die Schilder nach draußen, klappen die Bänke um und stellen den Kaffee im Bus auf den Tisch.

»Hör mal, Katinka, mit den Kondomen ... ich persönlich ordne die ja immer so nach Motiven, das ist so eine Gewöhnungssache, das machst du dann am Donnerstag halt genauso, dann passt's schon.«

Nach Motiven ordnen? Ich sehe Katrin dabei zu, wie sie die achtlos von mir in die Schublade geworfenen Kondome nach Tiger-, Löwen- und Schlangen-Aufdruck stapelt. Wessen Gewöhnungssache soll das sein? Fragen die Freier nach Gummis mit Schlangenaufdruck? Warum gibt es für fünfzehnjährige Huren keine mit Teddybären drauf?

Ich stelle mir keine weiteren Fragen, weil Katrin sie stellt und auch direkt beantwortet: »Warum hast du dich für die Arbeit hier entschlossen, Katinka? Bestimmt, weil es die größte Herausforderung in der Sozialarbeit ist. War bei mir genauso, während des Studiums habe ich ja noch viel mit Behinderten gearbeitet, aber dann kam ja vor vier Jahren der Krebs, und dadurch habe ich mich persönlich noch mal total entwickelt, in der Examensarbeit wurde darauf aber keine Rücksicht genommen, und …«

Katrin erzählt, wie sie trotz allem ihr Studium durchgezogen hat, zwei ganz süße Patenkinder bekommen hat, nebenbei noch einem Motorradclub beigetreten ist und es zusätzlich noch irgendwie schafft, kiloweise Indianerschmuck im Internet zu ersteigern. Alles ohne Gebärmutter.

»Das Wichtigste ist ja, dass man sich auch von der ganzen Sache abgrenzen kann«, beendet sie seufzend ihre Predigt.

Unauffällig mustere ich Katrin. Sie ist ein blonder Berg mit Brille, ihre grüne Wachsjacke ist mit einem riesigen roten Aufnäher, auf dem STREETWORK steht, bestickt, an den fleischigen Ohren und Fingern baumelt bei jeder Bewegung ihr Silber- und Türkisschmuck mit. Es ist in jedem Fall eine gewisse Abgrenzung, wenn man bei der Arbeit wie der Weihnachtsbaum der Apatschen herumläuft.

Ich sehe auf die Uhr. Halb acht. Ich habe die schlimme Befürchtung, dass bis zum Schichtende um halb elf keine minderjährigen Junkies mit nässenden Ekzemen auftauchen werden, um mich von meinem Schicksal zu erlösen. Die wissen ja auch, wer wann arbeitet.

Katrin hat inzwischen die erste Kanne Tee ausgetrunken und stellt mir ihre erste nicht-rhetorische Frage:

»Wie weit bist du denn jetzt mit dem Studium, Katinka?«

»Ich, äh, gar nicht, ist nur 'n Job … ich bin eigentlich Autorin, also, ich schreibe.«

Katrin zieht eine Augenbraue hoch, beißt in ihr drittes Brötchen und murmelt anerkennend: »Find' ich gut. Find' ich echt gut. Ich selbst mache ja auch viel im Krea-Bereich. Ich bastle sehr viel. Etwas zu erschaffen ist ja besonders wichtig, nachdem ich vor vier Jahren meine Gebärmutter verloren habe.«

Langsam frage ich mich, ob die Mädels hier auf der Straße schon heroinabhängig waren, bevor Katrin mit dem Bus aufkreuzte.

Endlich kommt eine Klientin hereingeschneit. Ich kenne sie vom Sehen, sie will nur Spritzen tauschen und Kondome haben. Sie betont, dass es ihr auch scheißegal sei, welches Tier darauf abgebildet sei.

»Das kann man auch anders sagen«, bemerkt Katrin. Die Klientin bemerkt: »Doofe Fotze.«

Katrin kontert mit: »Busverbot.«

Als wir wieder allein sind und Katrin den Vorfall notiert hat, gibt sie mir noch ein paar wertvolle Hinweise zum Umgang mit Drogensüchtigen: »Die müssen schon selbst den Dialog suchen. Zuhören ist das Wichtigste. Manche sind schon ganz schlimm dran hier, aber man darf sich auch nicht alles bieten lassen, sonst verliert man auch die Autorität.«

Ich nicke zustimmend. Bloß nicht die Autorität verlieren, schon klar. Das wäre ja das Schlimmste, direkt nach Gebärmutterkrebs.

Der Bus füllt sich: mit Teenagern, die im Heim angefixt worden sind, mit Vierzigjährigen, die an allen Seuchen der Welt leiden und deswegen nicht wirklich darüber nachdenken wollen, noch eine Ausbildung anzufangen, wie Katrin ihnen vorschlägt.

Ein Mädchen erzählt mir, dass sie letzte Nacht gefoltert und vergewaltigt wurde, sie hat sich aber die Farbe des Autos gemerkt, dunkel, und ein Kindersitz war auch drin. Ich sitze nur schweigend da, weiß nicht, was ich sagen soll, streichle dem Mädchen die Hand, sehr täppisch, gebe ihr ein Taschentuch.

Katrin flüstert mir zu: »Wenn sie Vertrauen fassen und erzählen, dann kannst du ruhig nachfragen.«

Was soll ich denn da noch nachfragen? Statt meiner fragt Katrin das Mädchen, laut, deutlich und autoritär: »Hat der Typ denn wenigstens gut gezahlt dafür?«

Ich gehe mal kurz raus, eine rauchen. Meine Lieblingsklientin aus dem Drogenzentrum kommt vorbei, schnorrt sich eine Filterzigarette, sagt mir aber gleichzeitig, dass ich mich gar nicht so einzuschleimen brauche. Außerdem soll ich nicht so viel rauchen, davon bekommt man Krebs. Bei ihr sei das egal, sie hätte schon Aids.

Recht hat sie, mit allem. Ich schenke ihr meine Kippen, denn wenn ich eines nicht bekommen will, dann Krebs. Ich habe keine Angst davor, an Krebs zu sterben. Seit heute habe ich Angst davor, ihn zu überleben.

Behind Bars

Die Leute gehen aus, um etwas zu erleben. Und sie wollen nicht mehr nur Statisten sein im bunten Treiben der Nacht. Sie wollen selbst aktiv werden, unterhalten werden, aber auch unterhaltsam sein. Sie wollen im Glanze der Scheinwerfer und Discolichter, des Kerzenscheins und der Neonröhren erstrahlen, für ein paar kurze Stunden ihre kleinen und größeren Sorgen vergessen. Für einen magischen Moment sollen sie sich vorstellen dürfen, dass ihr Leben nicht das schlechteste Leben ist. Und ich gebe jeden Abend mein Bestes, um ihnen diesen einen magischen Moment zu schenken. Meist gelingt es mir – denn ich bin die schlechteste Barkeeperin der Welt.

Wenn ich Hummeln im Hintern habe, mutiere ich auch kurzfristig zur schlechtesten Servicekraft der Welt, denn, um ehrlich zu sein, Bistro-Tische einkreisen, das kann ich wirklich noch schlechter.

Nahezu ergreifend mies bin ich beim Sonntagsfrühstück. Ich kann zum Beispiel gleichzeitig frische Brötchen so aufbacken, dass sie steinhart werden, eine Pulverspur am Rand der Kaffeetasse hinterlassen und diese bescheuerten Kaffeesahnetöpfchen so auseinanderknicken, dass es aus allen Löchern gleichzeitig spritzt, bis zu acht Meter weit. Dann dekoriere ich die Käsescheiben so, dass sie selbst auf einem ganz kleinen Teller viel kleiner und krumpeliger aussehen. Niemand wirft so lieblos Butter in den Brotkorb wie ich, keine andere zaubert einen Latte macchiato so dahin, dass er aussieht wie eine Luftaufnahme der Vulkaneifel bei starkem Regen.

Aber leider ist nicht immer Sonntag, deswegen konzentriere ich mich mehr und mehr auf die Nachtschicht, auf meinen Auftrag hinter der Bar, den Ort, wo ich Erlebnisgastronomie ganz neu definiere.

Besonders freue ich mich immer darauf, neue Weinflaschen zu öffnen. Da vermutet der Kunde schnell und richtig, dass ich früher kleinere Verletzungen an wehrhaften Meerschweinchen und Goldhamstern selbst verarztet habe. Denn ganz gleich ob Haustier oder Hauswein, mein Gebaren beim Einfangen und Fixieren von beiden ist exakt dasselbe. Die ersten Minuten kämpfe ich mit dem Korkenzieher, dann wieder gegen ihn. Beim Einschenken könnte man denken, dass ich hinter dem Rücken ein Furzkissen verwende, aber der Trick besteht darin, dass ich einen perfekten Gluckerwinkel wähle. So hört sich selbst der edelste Tropfen nach Tetrapack an, und fragen Sie lieber nicht, wonach es aussieht. Es sei denn, Sie sind wie ich Schlangenphobiker und träumen ebenfalls davon, einem äußerst ausgewachsenen Exemplar einer Boa Constrictor zuvorzukommen und das Biest einmal spontan und doch rechtschaffen zu würgen, nahezu auszuwringen, mit aller Kraft, die Sau.

Diese Phantasie lebe ich jeden Abend an mehreren unschuldigen Flaschen Rioja aus, vor dem geneigten Publikum. Die Szene koste ich immer wieder in zermürbender Länge aus, halte sie dabei aber natürlich frei von jeglicher erotischen Anspielung. Es liegt mir fern, irgendjemanden auf billige Art und Weise zu besudeln, ich will die Leute komplett eintauchen in das heikle Tabuthema der Jobverfehlung.

Die meisten haben es an diesem Punkt gerafft, einige aber müssen nachgeschult werden. Das funktioniert am besten durch die ganz persönliche Einbindung des Gastes. So messe ich die Temperatur des Weines grundsätzlich mit zehn Fingern am Glas, notfalls mit zwei Fingern im Glas. Zögernd und einmal scharf nach links schwappend überreiche ich dann den fettigen Kelch an mein Gegenüber und sage grundsätzlich: »Das ist jetzt der andere, der eine war aus.«

Manche Menschen verstehen meine Kunst auch dann noch nicht; sie sind verunsichert, zur Toleranz erzogen worden, oder vielleicht gibt es bei denen gar ein Paar aus dem entfernten Bekanntenkreis, das ebenfalls ein schwer geistig und motorisch zurückgebliebenes Kind großgezogen hat. Diese Leute verlässt schon beim zweiten Gang zur Theke die Courage, und sie bestellen sich trotz heftiger Hopfenabneigung ein Flaschenbier. Auf diese Klientel muss ich dann noch einmal besonders einwirken. Mit dem »bösen« Öffner jage ich die handwarme Flasche über die Theke, erwische den

Kronkorken dann doch, werfe einen besorgten Blick auf den abgesplitterten Rand der Flaschenöffnung, wische mit dem versifften Schürzenzipfel noch einmal drüber und sage: »Ist aber nichts reingefallen.«

Damit bringe ich selbst lammfromme Troddelslipperträger zur Weißglut, gestandene Sonderpädagoginnen schnappen durch ihre Poncho-Öffnungen nach Luft. Wichtig hierbei: Es ist der Ton, mit dem ich die Musik mache. Es ist so eine Mischung aus misslungener Entschuldigung und völliger Resignation, eine Art autistischer Verzweiflungsdreingabe, die mit absoluter und endgültiger Freudlosigkeit vorgetragen werden muss. Im Kellnerwitzjargon wird dieser Kunstgriff als »Lakonie« bezeichnet.

Und da sowohl das lakonische Antworten als auch der Kellnerwitz an sich fast ausgestorben sind, ist der Gast umso erstaunter, wenn er endlich merkt, dass der abgedroschenste Kellnerwitz gerade direkt vor ihm steht; und auf diese Verwunderung folgt schließlich eine unbändige Freude, Entzückung gar, die sich sowohl kollektiv als auch ganz individuell ausdrückt.

Sagt die Kellnerin also lakonisch: »Ist aber nichts reingefallen«, dann freuen sich die Gäste, und zwar diebisch. Zwar zeigen sie es nicht sofort. Impulsivere Zeitgenossen murmeln schon mal scheu: »Das ist ja auch schon fast eine Unverschämtheit.« Aber sie schauen mich nicht direkt dabei an. Sie bleiben auch nicht an der Theke stehen, um mich zur Rede zu stellen; schon gar nicht verlangen sie nach dem Geschäftsführer; noch nie hat einer seine Bestellung zurückgehen lassen. Die allermeisten von ihnen machen große Augen und schnappen sich dann das jeweilige Trinkgefäß, welches sie wie den heiligen Gral umfassen und schnellen Schrittes zu ihrer Tischgesellschaft tragen. Dort wird es dann betrachtet, das Wunder aus der Servicewüste. Bestaunt wird es wie das liebe Jesuskind, ein Frohlocken und Jauchzen ist nicht selten zu hören, oft recken sie die Köpfe gen Theke, um mir, wie ich glaube, nicht nur bewundernde, sondern auch dankbare Blicke zuzuwerfen.

Der eine oder andere fürchtete vielleicht, einen stinklangweiligen Abend mit seinen Gefährten zu verbringen, an dessen Ende er nur hätte resümieren können: »Da haben wir aber auch schon mal besser gegessen.« Jetzt hat er eine Story für seine Enkelkinder, mit der nicht ein jeder aus der Nachkriegsgeneration aufwarten kann. Er wird diese unglaubliche Geschichte vielleicht mit den Worten beenden: »Wir haben nicht mehr geglaubt, dass wir lebend aus dem Laden rauskommen.« Er wird wie ein echter Held dastehen. Und ich wie Stalingrad.

Andere waren vielleicht schon bereit, aufgrund der Trostlosigkeit ganz andere Register zu ziehen und endlich die Affäre mit der Schwester der Begleitung zu beichten. Aber der brühwarme Wein oder die angeschlagene Bierflasche retten den Abend, vereiteln diesen Beziehungsausbruchsversuch, nur weil ich einmal ganz subtil vorgeführt habe, wozu eine Frau fähig ist, wenn sie sich überfordert fühlt.

Manch stocksteifer Finanzbeamter blüht plötzlich

auf und weiß Anekdoten zu erzählen, die stets mit dem Satz beginnen: »In Amerika könnten wir die jetzt verklagen.« Und plötzlich steht er im Mittelpunkt des Geschehens, er gilt als Experte und wird schließlich sogar von einer langjährigen Kollegin vertraulich nach seinem Vornamen gefragt.

Manch gestrafte Mutter von vier potthässlichen Kindern denkt sich das, was man sonst nur ohne zu denken ausspricht, nämlich: »Hauptsache, alle sind gesund.«

Manch Studentin mit Motivationshänger wird gar aufspringen und sich noch am selben Abend hinter ihre Bücher klemmen, nur um nicht nach meiner voraussichtlichen, sehr baldigen Kündigung an meiner Arbeitsstelle zu stranden.

Und während ich mit einer groben Feile Ruß vom Baguette kratze, einen Caipirinha präpariere, bis er aussieht wie ein Stück Bernsteinzimmer im Cocktailglas oder bedächtig eine Orangensafttüte schwenke, inhaliere und murmle: »Der geht doch noch«, begreift auch der letzte Amateursäufer, dass er sich ein neues Hobby zulegen sollte.

Ich tue Gutes und zeige Transparenz. Ich zeige den Leuten, dass wir alle keine Profis sind, nicht vor und nicht hinter der Bar. Ich nehme ihnen ihre Ängste, und ich nehme ihr Trinkgeld. Sie geben mir reichlich davon, mehr als meinen Kollegen. Sie nennen es wahrscheinlich nicht Trinkgeld, sondern milde Gabe, Mitleidsbonus oder Akt der Menschlichkeit. Ich nenne es Praxisgebühr.

Chubby Bunnies

»Warum gehen wir nicht einfach mit und gucken, was passiert?«, fragte Sandra und rannte wie ein emsiges Eichhörnchen im Zimmer herum, um ihre Siebensachen zusammenzusuchen: fünf Kippen und zwei Schuhe. Wir anderen vier sahen uns an, Halbfinale der Weltmeisterschaft im Stirnrunzeln.

Jede von uns hatte einen guten Grund dafür, nicht mit Nicolas zu dieser absurden TV-Show zu gehen. Amanda hatte den wohl gewichtigsten: Wer zweihundertdreißig Kilo Lebendgewicht zu Fuß etwa vierzig Häuserblocks durch Hollywood bewegen muss, braucht nicht die von Nicolas angekündigten »höchstens zehn Minuten«, sondern mindestens eine halbe Stunde. Für uns alle wenig überraschend, sprach Amanda jedoch ganz andere Bedenken aus: »Ich kann mich nicht einfach so unter das Publikum einer Fernsehshow mischen. Wenn meine Agentin das sieht, gibt es Ärger. Es sei denn natürlich, ich behalte die Rechte – für die eine Ausstrahlung und sämtliche Wiederholungen.«

Amanda kannte sich aus im Business. Leider hatte noch keiner in Hollywood etwas davon mitbekommen.

Oder sie wurde nicht zu den Castings eingeladen, weil alle Produzenten vor ihren knallharten Geschäftsbedingungen erzitterten.

Mary hatte ebenfalls einen guten Grund, nicht mit zu den Paramount Studios zu gehen. Sie war einfach zu faul dazu. Vor drei Jahren war sie mit Sandra nach Hollywood gekommen, hatte sich einen Job im Souvenirladen nebenan gesucht und den Rest der Zeit darauf gewartet, dass ein Prinz auf seinem Pferd vorbeitraben würde, um sie mit auf sein Schloss zu nehmen.

Erstaunlicherweise war diese Taktik erfolgreich gewesen, zumindest zeitweise. Letztes Jahr hatte sie vor ihrer Zimmertür Ted, Millionär auf Durchreise, kennen gelernt. Er verliebte sich sofort in Mary und hielt um ihre Hand an. Mary ließ sich von Ted mit auf Weltreise nehmen, wohnte eine Zeit lang mit ihm in seinem Haus in Sydney und genoss das süße Leben. Eines Tages fiel ihr auf, wie sehr sie ihre Freundin Sandra doch vermisste, und fragte ihren Teddy, ob Sandra nicht auch bei ihnen in Australien wohnen könnte. Ted sagte, er stelle sich das nicht so einfach vor – schließlich würden Sandra und Mary sich, sobald sie sich sähen, nonstop in den Haaren liegen.

Mary war so gekränkt über Teds Worte, dass sie ihn verließ und wieder zu uns ins Hostel zog. Sandra weinte vor Glück, als Mary plötzlich wieder vor der Tür stand. Dann fragte sie Mary unvorsichtigerweise, ob sie vielleicht etwas von Teddys Millionen mitgebracht hätte, und seitdem stritten sich die beiden wieder vierundzwanzig Stunden täglich.

Also knotete sich Mary den Bademantel zu und maulte: »Sandra, wenn du da hingehst, komme ich auf keinen Fall mit.« Zum Glück hörte Sandra das nicht, sonst hätten wir anderen wieder unter den Kollateralschäden gelitten, die Sandras und Marys Schlägereien normalerweise mit sich brachten. Sandra war zu sehr damit beschäftigt, sich fürs Fernsehen schön zu machen. Nur für den Fall, dass die Sendung in Schottland ausgestrahlt würde und ihre Mutter es zufällig sähe, zog sie ein Blümchenkleid an, in dem sie nach dem aussah, was sie tatsächlich war: eine bekennende Lesbe, deren größte Angst es ist, dass ihre Mutter sie für lesbisch halten könnte.

Auch Greta hatte ihre Bedenken. Entweder würde sie die Einladung von diesem unglaublich coolen Produzenten annehmen und mit ihm noch am selben Tag eine tolle Platte aufnehmen, die sie schon ganz bald reich und berühmt machen würde, oder sie kam mit Sandra mit und hätte ganz bald Geld für ein Mittagessen. Greta stand auf und sagte: »Okay, ich bin dabei. Ich lass' den Typen zappeln. Ich hab es nicht nötig, mit jedem dahergelaufenen Idioten eine Platte zu machen.«

Natürlich hatte Greta Recht, und sie sprach aus Erfahrung. Sie war schon mit einem halben Dutzend dahergelaufener Idioten mitgegangen, um Aufnahmen zu machen. Von einer dieser Unternehmungen existiert auch tatsächlich eine Kassette, von den anderen Treffen kam Greta stets im Taxi und ohne Höschen zurück. Bei Gretas Glück war der Typ, den sie an jenem Tag stehen ließ, tatsächlich ein richtiger Produzent.

Welche Gründe genau hatte ich, nicht mit zu dieser TV-Show zu kommen? Vielleicht meine Abneigung gegenüber Nicolas? Weil ich wusste, dass er für jeden, den er dorthin brachte, eine fette Provision kassieren würde? Fand ich es einfach ungerecht, dass Nicolas erst seit drei Wochen hier war, aber schon so etwas Ähnliches wie einen echten Job gefunden hatte? Gönnte ich ihm das Geld etwa nicht, weil er mich mit seinem griechischen Akzent zu sehr an Costas, unseren Herbergsvater und Sklaventreiber, erinnerte? War ich fies, gemein und rassistisch geworden? Vermutlich schon. Aber vielleicht erinnerte mich Sandras Frage auch nur zu sehr an ein Zitat aus einem Buch, das ich mal gelesen hatte: »Berühmte letzte Worte«.

»Ja, warum gehen wir nicht einfach hin? Zwanzig Dollar sind zwanzig Dollar!«, sagte ich und zog meine Schuhe an.

Das Argument schien Amanda zu überzeugen, Agentin hin oder her. Nur Mary drehte sich beleidigt um und beschloss, in ihrem Bett auf einen neuen, toleranteren Prinzen zu warten.

Nicolas und etwa zwanzig von ihm rekrutierte Touristen erwarteten uns an der Rezeption des Hostels. Er war noch hektischer als sonst, fuchtelte mit einem Clipboard in der Luft herum und stieß in einem fort amerikanische Höflichkeitsfloskeln aus, die er am Tag zuvor gelernt hatte. Glücklicherweise waren die meisten der von ihm geköderten Touristen Japaner, die genauso viel oder wenig von dem verstanden, was Nicolas an Möchtegern-Smalltalk verbreitete. Nach jedem Satz nickten sie eifrig und grinsten. Sie würden einen Mordsspaß bei der Fernsehshow haben.

Sandra hatte eine ebenso große Abneigung gegen Nicolas wie ich, aber anstatt ihn einfach zu ignorieren, liebte sie es, ihn bloßzustellen. Sie stellte sich vor das zukünftige Fernsehpublikum, klatschte in die Hände und rief: »Alle mal herhören. Nach der Show gibt es eine kleine Orgie. Wir treffen uns um fünf in der Männertoilette. Haben alle ihre Gleitcreme griffbereit?«

Alle grinsten und nickten, nur das irische Pärchen flüchtete angewidert die Treppe hinauf. Nicolas sah Sandra fassungslos an und sagte in seinem abgehackten Englisch: »Die waren 40 Dollar wert. Jetzt sie sind weg.«

Sandra grinste. »Vielleicht holen die nur ihre Gleitcreme.« Nicolas sah uns verständnislos an: »Was ist Gleitcreme? Etwas zum Essen?«

Das ist genau der Grund, warum ich es aufgegeben hatte, Nicolas zu ärgern: zu viel Mühe in der Vorarbeit, zu schmächtig das Endergebnis.

Wir machten uns langsam auf den Weg, Amanda und ich noch langsamer als die anderen. Sie japste schon wieder, als sie an der zweiten Kreuzung angelangt war: »Ich bin nicht von Chicago nach L. A. gezogen, um hier zu Fuß rumzulaufen. Nur komplette Verlierer gehen hier zu Fuß.«

Sie hatte es erfasst. Wie eine Herde Schafe latschten wir die Straße herunter, Nicolas gab den Hütehund. Mit seinem albernen Haarschnitt, der wohl vom jungen George Michael abgeschaut war, sah er aus wie Schweinchen Babe bei einer ABM. Ständig rannte er vom vorderen Ende der Herde zu uns nach hinten und ermahnte uns, schneller zu gehen. Er zeigte zum hundertsten Mal auf sein Rolex-Imitat, als wären wir so beschränkt, dass wir den abstrakten Begriff »Zeit« nur durch real vorhandene Gegenstände wie »Uhr« begreifen könnten.

»In zehn Minuten fängt Show an. Wir flinki-flinki machen, auch dicke Amanda.«

Das hätte er nicht sagen sollen. Er hatte Amandas physische Fähigkeiten weit unterschätzt. Sosehr sie auch mit Konditionstraining haderte, um so flexibler waren ihre Gelenke. Mit einem lauten »Nimm dies, du Wurm!« schnellte ihr Bein nach oben und traf Nicolas mitten in seine Angelegenheiten für Familienplanung. Humpelnd war er genauso schnell wie Amanda; die beiden wechselten sich den restlichen Teil das Weges damit ab, den anderen als »Malara« beziehungsweise »Motherfucker« zu beschimpfen. Ein internationales Top-Team auf dem Weg, Fernsehgeschichte zu schreiben.

Vor den Toren des Studios holten wir die anderen ein, und Greta packte mich am Arm: »Die Prominenz ist auch hier.«

In der Tat. Jimi Hendrix alias Gil erkannte uns als Erster und winkte uns freundlich mit einer braunen Papiertüte zu. Drei-Finger-Eddie hob seine Hand zu einer interessanten Variation des Victory-Zeichens, und Artie, der Zuhälter, nickte lässig.

»Was für eine Show wird das eigentlich? Hollywood und seine arbeitslosen Gangster?«, fragte ich Greta. Die drei Spaßvögel kamen auf uns zu gehampelt. Artie schlug den Kragen seines abgewetzten Trenchcoats hoch: »Na, Mädels, auch wieder auf der Suche nach Ruhm und Ehre? Ich hätte einen besseren Job für euch, ihr wisst ja, das große Geld …«

Artie war schwer einzuschätzen. Wir wussten, dass tatsächlich ein paar Mädchen für ihn laufen gingen, aber sie redeten noch abschätziger über ihn als über ihre Freier. Wenn einer mal ein blaues Auge wegen der allgemeinen miesen Geschäftslage davontrug, dann war es meist Artie selbst. Dennoch überlebte er irgendwie seit Jahren, und das machte ihn äußerst verdächtig. Gil war rotzbesoffen und hatte Mühe, geradeaus zu gucken.

»Was treibt euch hierhin?«, fragte Greta, während sie sich einen Schluck aus Gils Flasche genehmigte. Gretas Überlebenstaktik stützte sich im Allgemeinen auf zwei Grundpfeiler: keinerlei Berührungsängste und erstaunliche Trinkfestigkeit. Für die Leute von der Straße war sie schon längst nicht mehr die kleine Schwedin, sondern die furchterregende Wikingerbraut. Drei-Finger-Eddie setzte sich seine Sonnenbrille auf und nickte mit dem Kopf in Richtung Nicolas: »Der weiße Nigger da hinten hat uns angequatscht. Sagte, wir müssen nur für zwei Stunden ein bisschen den Affen machen und klatschen, dann tut er die Kohlen rüber. Außerdem wollte ich immer schon *The Dating Game* live miterleben.«

Ja, das klang durchaus nach Nicolas. Wahrscheinlich

war er in der Nacht zuvor in die Ecken Hollywoods gelatscht, um die selbst die Kakerlaken einen großen Bogen machen, und hatte alles angequatscht, was bis zehn zählen konnte. Diese Mischung aus totalem Irrsinn und fatalem Übermut wurde hier oft belohnt.

Endlich wurden die Türen zu den Studios geöffnet, und fast alle schafften es beim ersten Anlauf durch die Sicherheitsschleuse. Nur Gil hatte eine längere Diskussion mit den Angestellten, ob er seine Medizin mit hineinnehmen durfte oder nicht. Schließlich gab er nach und ließ die angebrochene Flasche Whiskey und den Sixpack in sicherer Obhut.

Es war lausig kalt im Zuschauerraum. Zwei Spezialisten teilten uns die Sitzplätze zu, um ein möglichst unrealistisches Bild für den Fernsehzuschauer zu erzeugen. Alle Japaner wurden über den gesamten Raum verteilt, Drei-Finger-Eddie von seinem Platz aus der ersten Reihe vertrieben, weil man ihn nicht beim Klatschen sehen sollte. Amanda beanspruchte zwei Plätze, wurde ausgerechnet neben Nicolas platziert und forderte das doppelte Honorar von ihm. Ich saß schließlich in der zweiten Reihe neben Gil, weil wir so schön gegensätzlich aussahen: er hellbraun mit Grünstich im Gesicht, ich schneeweiß mit vor Kälte blau angelaufenen Fingern.

Gil versuchte mir das Prinzip der Show *The Dating Game* zu erklären, geriet aber so sehr ins Stottern, dass ich nicht ganz schlau daraus wurde. Plötzlich erklang die Erkennungsmelodie, die ich natürlich nicht erkannte, und alle klatschten. Der Moderator, ein junger Kerl mit Ziegenbärtchen, rannte zur Mitte der Bühne und verbeugte sich. Enttäuschte »Buh«-Rufe im Publikum. So beliebt kann die Show wohl doch nicht sein, dachte ich.

Es stellte sich heraus, dass es sich bei dem Ziegenbärtchen gar nicht um den echten Moderator handelte, sondern um George, den Warm-Upper, den Pausenclown. Er riss ein paar müde Witze über Randgruppen, über die nur die lachten, die sie nicht verstanden – also die Japaner und die jeweilige Randgruppe. Dann stieg er die Treppe zum Publikum hinauf und kündigte an: »Gleich wird mein geschätzter Kollege und großes Vorbild Chuck Wooley hier hereinkommen, und ich will einen gaaaaaaaaaaanz heißen Applaus für ihn hören. Aber vorher verlose ich einen tollen Preis – diesen Walkman!«

Bewunderndes Raunen im Publikum. Vielleicht ließen sich aus der ganzen Sache ja doch noch mehr als zwanzig Dollar ziehen.

George fragte in die gespannte Runde: »Die Preisfrage lautet: Welche war die allererste Fernsehrolle, die der große Chuck Wooley gespielt hat?«

Erwartungsvolle Stille. Keiner der Anwesenden schien schon so lange auf der Welt zu sein, dass er sich an die ersten Schauspielversuche von Herrn Wooley hätte erinnern können. George starrte ängstlich in die Runde.

Gil murmelte vor sich hin: »Ich hab's gleich, ich hab's gleich.«

George sah sich nach allen Seiten um. Allgemeines Schulterzucken ging durch den Raum wie eine »La-Ola« bei den Paralympics.

George versuchte zu helfen: »Also, Leute, das war eine der beliebtesten Action-Serien der Siebziger ... oder Sechziger. In der Rolle hieß Chuck *Mister* ... Na? Na? ... *Mister* ...?«

Gil sprang auf und rief begeistert: »*Mister Schlongo!*«

Alle lachten, George drehte sich zu uns um.

»Na ja, eigentlich hieß er Mister Dingo, aber ich lasse es heute mal gelten. Unser Freund Jimi Hendrix gewinnt diesen wertvollen Walkman.«

Erleichtertes Klatschen. George überreichte Gil seinen Preis, Gil war fassungslos vor Glück. George flüsterte ihm zu: »Danke, Mann, solche Typen wie dich kann ich brauchen. Guter Witz auch, Mister Schlongo, haha!«

Gil verstand ihn leider nicht mehr, denn er hatte sich den Kopfhörer schon aufgesetzt und suchte seine Taschen nach einer Kassette ab.

George verließ die Bühne und machte Platz für sein großes Vorbild, Chuck Wooley. Das Publikum schämte sich wohl noch etwas, daher bekam Chuck einen besonders langen Applaus. Der Mann hatte seine besten Jahre längst hinter sich, und auf den ersten Blick schien sein Alkoholproblem weitaus größer zu sein als das von Gil. Chuck sprach zu seinem Publikum wie zu ein paar mehrfach behinderten Achtjährigen, und sogar ich bekam mit, dass ich bei der amerikanischen Version von *Herzblatt* gelandet war.

Die Kandidaten für die Sendung schien Mr. Wooleys Crew aus den gleichen Winkeln der Stadt zu beziehen wie Nicolas das Publikum. Damit es nicht zu eventuellen Rassenunruhen kam, durfte die schwarze Schönheit ihr Date aus drei Brüdern wählen, der Weiße hatte die Wahl zwischen zwei Frauenzimmern seines Blutes und einer blondierten Latina. Gut mitgedacht, Leute.

Der erste Teil der Show hatte zwei unbestrittene Höhepunkte, die leider später der Zensur zum Opfer fielen. Auf die Frage der Lady an Kandidat 1: »Was würdest du mir bei unserem ersten Date kochen?«, erging sich dieser in einem fünfminütigen Monolog darüber, wie er aus den Säften ihrer heißen Muschi ein feines Süppchen zubereiten würde. Der Kandidat wurde daraufhin ausgewechselt. Schade.

Das zweite Highlight bescherte uns Gil, der mitten in die Abmoderation von Chuck hineinbrüllte: »Ey, ihr Wichser, in dem Scheiß-Walkman sind ja nicht mal Batterien drin!«

Mr. Wooley Schlongo nutzte diesen Zwischenruf für eine Erfrischungspause, und wir alle wollten aufstehen und gehen. Nicolas fuchtelte mit den Armen in der Luft herum:

»Noch zwei Shows, noch zwei Shows, es ist Aufzeichnung!«

Wir wollten natürlich trotzdem gehen und die erbarmungslose kalifornische Sonne nutzen, um unsere eingefrorenen Gliedmaßen wieder aufzutauen, aber Nicolas schrie durch den Zuschauerraum: »Wer geht, kein Geld!«

Das überzeugte die Unterprivilegierten, aber die japanischen Touristen schlossen sich in einem ungewöhnlichen Anflug von Revolte zusammen und wollten den Raum verlassen. Nicolas realisierte verhältnismäßig schnell, dass er sie nicht mit Geld würde ködern können, und rief: »Aber jetzt wird es doch erst lustig. Jetzt fangen die Pausenspielchen an, oder, George?«

Der Ziegenbart war wieder auf die Bühne gesprungen und zeigte wahre Profi-Qualitäten: »Genau, mein kleiner griechischer Freund, jetzt gibt es hier noch einmal tolle Preise zu gewinnen. Wer ist dabei?«

»Warum mache ich nicht einfach mit und gucke, was passiert? Ich habe gute Chancen, einen hochwertigen Walkman zu gewinnen.«

Ich möchte die Nachwelt an dieser Stelle bitten, diesen Satz in meinen Grabstein zu meißeln. Falls noch etwas Geld übrig ist, soll auch noch eine Statue daneben gestellt werden: eine Frau mit erhobener Hand, die Pose meiner Todesstunde.

»Ja großartig, die Lady mit dem roten Kleid und der blauen Strumpfhose … oh, mein Gott, das ist gar keine Strumpfhose, das sind ihre Beine!«

George zog mich von meinem Sitz und flüsterte mir auf dem Weg zur Bühne zu: »Hey, ich finde dich ziemlich süß, wie wäre es, wenn wir mal zusammen ausgingen? Am besten gleich nach der Show, falls deine Beine dann noch nicht abgefroren sind!«

Er grinste dämlich, ich grinste noch dämlicher.

»Meinst du das ernst, Süßer?«, fragte ich so unschuldig wie möglich. George versuchte, möglichst cool dreinzublicken, bekam aber rote Ohren dabei. So ermuntert, sagte ich etwas sehr Dummes: »Ich gehe nicht mit Männern aus, die ihr Schamhaar im Gesicht tragen!«

George wurde bleich, dann wieder sehr rot, aber dann bemerkte er leider wieder, dass er im Vorteil war: Er konnte sich ein blödes Partyspielchen aussuchen, und ich musste es mitmachen. Einhundertzwanzig Augenpaare warteten genau darauf.

»Okay, wer macht noch mit?«, rief George ins Publikum und streifte mich mit einem Seitenblick, der offenen Krieg verhieß. Drei-Finger-Eddie meldete sich. Ein diabolisches Grinsen glitt über Georges Gesicht:

»Warum nicht? Unser afroamerikanischer Freund vom Sägewerk, bitte nach unten zu mir!«

Eddie kam unter lautem Applaus zu uns auf die Bühne, und wir begrüßten uns mit einem High-Five beziehungsweise High-Three. George war kurz verunsichert. Wie hätte er auch vermuten können, dass wir uns kannten? Er versuchte, seine Chancen auszuloten: »Mein Freund, warum hast du dich für dieses Spiel gemeldet, obwohl du noch nicht einmal weißt, worum es geht?«

Eddie grinste. »Ich brauchte schon lange einen neuen Walkman, Mann!«

George lächelte. Der Kampf der Gladiatoren konnte beginnen. Tod oder Walkman.

George dehnte jedes einzelne Wort, als er das Spiel seiner Wahl verkündete: »Und nuuun heißt es: Eimer her füüüür Chuuuubbby Bunnieees!«

Eddie klatschte begeistert mit dem Publikum. Ich wusste wieder mal gar nicht, worum es ging.

»Ich liebe Chubby Bunnies. Ich bin Meister in Chubby Bunnies!«, rief Eddie verzückt.

Zwei Eimer wurden gebracht sowie eine riesige Tüte Marshmallows. Langsam ahnte ich, worauf der Spaß hinauslaufen sollte. George erklärte die Prozedur noch einmal für die Nichteingeweihten: »Die Kontrahenten, also Eddie mit dem großen Mund und das kleine deutsche Spitzschnütchen hier, werden jetzt abwechselnd einen kleinen Marshmallow in den Mund nehmen und dann die Worte Chubby Bunnies sagen. Ohne den ersten Marshmallow runterzuschlucken, werden sie dann den nächsten in den Mund nehmen und diese Worte wiederholen. Das geht solange weiter, bis einer der Spieler nicht mehr Chubby Bunnies sagen kann oder körperlich gezwungen ist, seine Marshmallows wieder so aus seinem Körper herauszubefördern, wie sie hineingekommen sind, okay? Okay!«

Ich hätte an dieser Stelle einfach gehen sollen. Gil rief mir zu: »Lass es, Mädel, es sind nicht mal Batterien drin, es lohnt sich nicht!«

Ich ließ es nicht. George gab mir den ersten Marshmallow.

»Chubby Bunnies!«, rief ich.

Eddie steckte seinen Marshmallow geübt in eine Backentasche und rief ebenfalls: »Chubby Bunnies!«

Den zweiten Marshmallow verpackte ich noch mühelos, auch den dritten, vierten und fünften. Beim sechsten achtete ich darauf, George möglichst viel und direkt ins Gesicht zu spucken. Eine sehr kurze Genugtuung, denn nachdem sich George das Gesicht abgewischt hatte, änderte er die Spielregeln: »Ich sehe, wir haben hier zwei echte Profis am Start! Ab jetzt heißt es: zwei Marshmallows pro Runde!«

Was war das für eine Welt? Ich stand tatsächlich vor der Kamera in Hollywood, und die Leute wollten nichts anderes von mir, als dass ich endlich anfing, geschäumten Zucker zu kotzen. Okay, die Kameras liefen nicht, und wenigstens galt ich als Geheimfavorit, zumindest bei meinen so genannten Freundinnen. Durch fast verstopfte Ohren hörte ich sie rufen: »Mach ihn fertig, Mädel! Hol dir den Scheiß-Walkman! Du schaffst es!«

Ich stopfte mir Marshmallow Nummer zwölf in den Mund, verlor dabei fast Nummer zehn und elf. Es ging mir nicht mehr um den blöden Walkman, ich wollte auch nicht diese Kröte von George fertigmachen, ich wollte einfach nur gewinnen, wollte zeigen, dass jeder in diesem Land eine Chance hat, ganz groß rauszukommen, ich wollte, ich wollte …

»Huäuay Onnisch!«, schrie ich heraus, und das Publikum grölte.

Ich wollte mich komplett zum Affen machen, das war's wohl. Eddie schob sich seinen zweiundzwanzigsten Marshmallow in den Mund, ich hörte ihn würgen, ein Brechgeräusch im Hintergrund, der Eimer füllte sich. Ich hatte gewonnen, gewonnen!

Das Publikum erhob sich, Standing Ovations, Amanda stimmte einen Gospelsong an. Wir hatten nicht mit George gerechnet. Er rief: »Noch hat sie nicht gewonnen, noch hat sie nicht gewonnen! Sie muss noch einmal Chubby Bunnies sagen, und zwar mit diesem dreiundzwanzigsten Marshmallow.«

Er wollte mir den Zuckerklumpen schon selbst in den Mund stecken, aber plötzlich tauchte Chuck Wooley hinter ihm auf. Wir hatten wohl die Zeit etwas vergessen, denn Chuck schien wirklich verärgert darüber, dass wir immer noch auf der Bühne standen. Es kam, wie es kommen musste. »George, was geht hier vor?«

Und George erschreckte sich so sehr, dass er sich wie ein geprügelter Hund niederduckte und zu einer Entschuldigung ausholen wollte. Ich ersparte ihm die Mühe. Kein Mensch kann zweiundzwanzig Marshmallows länger als eine Minute im Mund behalten – nach einer gewissen Zeit muss man sie einem abgehalfterten Fernsehmoderator ins Gesicht spucken.

Chuck nahm die Sache sehr gelassen, sehr professionell. Er wischte sich einfach die gröbsten Klumpen aus den Augen und sagte ganz ruhig: »George, du bist gefeuert. Sie, Sie sind auch gefeuert!«

Ich spuckte noch ein bisschen nach, dann sagte ich: »Ich arbeite gar nicht für Sie. Nicht direkt, zumindest.«

Chuck hatte sich schon auf seinen Pegel gebracht, deswegen sah er mich nur schief an und deutete auf sein beschlabbertes Hemd: »Lady, wenn Sie das nicht direkt nennen, dann weiß ich es auch nicht.«

Im Weggehen zog er sein klebriges Jackett aus und sagte die Show für den Nachmittag ab.

Ich schaute auf die Ränge. Keiner applaudierte mehr, alle sahen mich kopfschüttelnd an. So vergeht der

Ruhm der Welt. George war auf dem Boden zusammengesunken und wimmerte leise. Gil streichelte ihm über den Kopf und wollte ihm seinen Walkman schenken. George stieß ihn weg, und das hochwertige Gerät zersprang in tausend Teile. Alle verzichteten auf ihre Gage, weil Nicolas schließlich auch seinen Job losgeworden war. Zwei Tage lang sprach keiner ein Wort mit mir, ausgenommen Drei-Finger-Eddie, dem ich meine Chubby-Bunny-Technik erklären sollte. Wie sagte er so schön: »Genau deswegen schaffen es die meisten in Hollywood nicht. Sie haben das Prinzip nicht verinnerlicht, du weißt schon: *The Show must go on!*«

Eddie musste wissen, wovon er sprach; er hatte angeblich seine beiden Finger beim Pokern verloren und trotzdem weitergespielt.

Nur kuscheln

Metzgerskinder sind oft Vegetarier, Zahnarztkinder leiden unter Mundfäule, und die Kinder der 68er wandern nach Bayern aus, um die CSU wählen zu können. Die nächste Generation wird sich immer auflehnen gegen die Ideale ihrer Eltern, und das zu Recht. Denn nur die Betroffenen können sich vorstellen, was es heißt, in einem Extremistenhaushalt aufgewachsen zu sein, in dem man jeden Morgen mit Mettbrötchen, Zahnpflegefaschismus oder dem Brummen der Getreidemühle geweckt wurde. Da muss man einfach ganz, ganz anders werden.

Meine Mutter zum Beispiel arbeitet bei meinem Frauenarzt. So kam es, dass ich mit fünf Jahren zum ersten Mal aufgeklärt wurde. Meine Mutter hatte ein pädagogisch wertvolles Büchlein erstanden, in dem »mit vielen lustigen Zeichnungen einfühlsam in die Welt der Sexualität eingeführt« wurde. Das kann schon sein. Unglücklicherweise konnte ich noch nicht lesen und war so auf die Erläuterungen meiner älteren Schwester angewiesen. Diese blätterte in dem Buch, fand schließlich die Zeichnung, auf der die Comic-Frau mit verliebtem Augenaufschlag unter dem Comic-Mann lag, und meinte lapidar: »So bist du entstanden.«

Skeptisch schaute ich mir das Bild an und sagte bestimmt: »Du vielleicht, ich doch nicht!«

In dem Alter, in dem ich anfing mich »für Jungs zu interessieren«, tat meine Mutter alles, damit dieses Interesse schnell wieder abflaute. Sie hat einfach nie verstanden, dass Sexualität nicht sexy ist. Beim Frühstück wurde über Vor- und Nachteile verschiedener Verhütungsmethoden doziert; unvergessen blieb vor allem, wie meine Mutter anhand einer Ravioli und einer Weinflasche das Einführen eines Diaphragmas demonstrierte.

So hegte ich lange Zeit den Wunsch, Nonne zu werden. Das bot sich schon aus dem Grunde an, weil alle meine männlichen Bekanntschaften sich für ein Mönchsdasein entschieden hatten, nachdem sie bei einem Besuch in meinem Elternhaus die *Diashow der Geschlechtskrankheiten* hatten ansehen dürfen. Meine Entjungferung fand nicht ohne Grund 4000 Kilometer weit von meinem Heimatort entfernt statt. Denn nur so hatte ich eine relative Sicherheit, dass meine Mutter nicht ins Zimmer spazieren und uns persönlich beim Anlegen des Gummis behilflich sein würde.

Bei allen guten Absichten, die meine Mutter mit ihrer Kampagne hegte, erreichte sie natürlich und immer wieder das Gegenteil. Meine Schwester und ich wurden nie zu dem Typ Frau, der sich offen über etwaige Beschwerden im unteren Bereich äußern konnte oder sich gar auf einen Besuch beim Frauenarzt freute. Zwar hatten wir uns verbeten, dass unsere Mutter mit ins Sprechzimmer kam, aber natürlich las sie unsere Karteikarten und sah unsere Laborberichte durch. So kam es oft zu Verquickungen der persönlichen Art, die eine ärztliche Schweigepflicht ungefähr so sinnvoll machten wie einen Porno für Blinde. Meine Mutter fragte mich beispielsweise: »Ich dachte, mit Ralf sei Schluss?«

»Ja und?«

»Wer schwimmt denn dann in deinem Abstrich rum, hm?«

Meine Mutter kennt zwar jede ausgestorbene Pilzinfektion mit lateinischem Namen, aber Worte wie »Versöhnungssex« oder »Sportfick« finden sich nicht in ihrem Vokabular.

Ich dachte noch, diese peinlichen Erlebnisse würden für immer der Geschichte angehören, als ich in eine größere Stadt, nämlich Düsseldorf, zog, in der meine Anonymität gewahrt bleiben sollte. Eines Tages aber musste ich feststellen, dass ich nicht für alle Missgeschicke meines Lebens meine Eltern verantwortlich machen konnte – ich war endlich selbstständig genug, um mich ganz allein in unsägliche Situationen zu bringen.

Ich möchte an dieser Stelle nicht ins Detail gehen. Um es zaghaft auszudrücken, hatten mein neuer Freund und ich das alte Sprichwort »Liebe macht blind« bestätigt. Für unsere Heimwerkerfreunde: Die Schraube wurde nicht exakt da eingebohrt, wo Gott vorgedübelt hatte, sondern genau dazwischen.

Natürlich passierte das an einem Samstag. Der diensthabende Notarzt für solche Fälle befand sich in der Innenstadt, genauer gesagt lag seine Praxis über einem exklusiven Herrenausstatter auf der Düsseldorfer Kö. Ich machte mich trotzdem auf den Weg zu ihm, denn ich hatte wirklich, wirklich Schmerzen.

Ich mag ein Landei sein, aber die Einrichtung in dieser Arztpraxis war nicht nur etwas ausgefallen großstädtisch, sondern schlicht nicht normal. Die Sprechstundenhilfe saß auf einem goldenen Thrönchen hinter einer Theke, die mit Ü-Ei-Figuren überladen war. Sie begrüßte die Patientin, die vor mir an der Reihe war, mit Bussi links und rechts. Aus dem Augenwinkel sah ich, dass der Gang zum Sprechzimmer mit DIN-A2-großen Fotos tapeziert war, die verschiedene Größen aus dem Showgeschäft mit immer demselben kleinen, dicken Mann zeigten.

»Was kann ich für Sie tun?«, fragte mich das geliftete MTA-Busenwunder.

Offen und aufgeklärt wie ich bin, beugte ich mich zu der Brutalblondierten herunter und schaffte es, gleichzeitig zu stammeln und zu flüstern: »Ich, äh, hatte also ... Sex. Und ... ich ... ich ... kann ... jetzt sehr schlecht sitzen.«

Die Dame sah mich ruhig und abschätzend an, um dann umso lauter zu plärren: »Na, ich hoffe, es hat wenigstens bis dahin Spaß gemacht. Ist das privat oder Kasse?«

Ich füllte den Papierkram aus und begab mich ins Wartezimmer. Statt nach Babycreme roch es nach

Eternity; die einzigen Zeitschriften, die es gab, waren der amerikanische *Cosmopolitan* und die *Gala*. Es gab keinen Wickelraum, dafür aber einen Espresso-Automaten. Ich fühlte mich nicht wirklich besser aufgehoben als in der Praxis meiner Mutter. Genau genommen fühlte ich mich wie in der Garderobe einer zu Recht nie ausgestrahlten Sitcom. Es kann sein, dass die Autogrammkarten an den Wänden mit Widmungen an *Dr. Fantastisch* dazu beitrugen.

Dann hatte ich meinen Gastauftritt. Der kleine, dicke Mann von den Fotos stürmte ins Wartezimmer, begrüßte die anderen anwesenden Damen mit Luftküsschen, dann deutete er in meine Richtung: »Sie sind das mit dem wilden Liebesleben? Ich bin so gespannt, kommen Sie, kommen Sie!«

»Gespannt« war gar kein Ausdruck für den Zustand, in dem ich mich befand. Dr. Fantastisch wirkte in natura noch gnomenhafter als auf den Fotos und war ungefähr so breit wie hoch. Dabei war er äußerst quirlig in Gestik und Mimik. Sagen wir einfach, er war der Geist von Louis de Funès gefangen im Körper von Danny De Vito.

»Was ist denn genau passiert, hm?«

Dr. Fantastisch war auf seinen Stuhl gesprungen, seine Füße erreichten nicht einmal den Boden. Insofern war er prädestiniert für seinen Beruf. Ich beschloss, das Unangenehme von jetzt an so schnell wie möglich hinter mich zu bringen: »Herr Doktor, ich glaube, ich bin da unten … irgendwie … eingerissen.«

Dr. Fantastisch sprang blitzschnell wieder von seinem Stuhl herunter: »Oh, nein, oh Gott … was, wie ist das denn passiert? Irgendwelche Geräte? Nein? Ihr Mann, zu gut ausgestattet vielleicht? Auch nicht, hm? Wie lagen Sie denn? Wissen Sie was, *malen* Sie es, *malen* Sie …«

Er zog eine Flipchart hervor und drückte mir einen Edding in die Hand. Ich stand reglos da. Ich hätte nie gedacht, dass ich den folgenden Satz jemals zu einem Gynäkologen sagen würde: »Wollen Sie es sich nicht einfach ansehen?«

Dr. Fantastisch schüttelte energisch den Kopf.

»Meine Liebe, ich bekämpfe Ursachen, nicht Symptome. Aber ich kann auch malen, geben Sie mir den Stift, und Sie, Sie beschreiben es derweil, ja?«

Großartig. Ich spielte Montagsmaler mit einem hyperaktiven Medizintroll.

»Ah, Sie standen? Beide? Ach so, die Leidenschaft, ja, ja. Au! Au! Der muss hart gewesen sein, nicht?«

Ich wollte nach Hause zu meiner Mama. Doktor Fantastisch sah mich mit weit aufgerissenen Augen an: »Na, na, na, wer wird denn weinen? Wollen Sie ein Taschentuch? Oder einen Espresso?«

Da an diesem Ort sowieso verkehrte Welt war, entschied ich mich zur Beruhigung für einen Espresso.

»Was, äh, machen Sie denn so beruflich?«, fragte mich der Doc, während er sich Notizen machte.

»Ich bin Werbetexterin«, murmelte ich.

Doktor Fantastisch ließ seinen Mont-Blanc-Füller auf den Boden fallen und schrie begeistert auf: »Nein, wirklich? Das ist ja toll! Das ist ja prima! Ich habe auch mal einen Werbetext geschrieben, warten Sie, warten Sie!«

Er wühlte in seinen Schubladen und fand schließlich eine einzelne Seite zerknittertes Schreibmaschinenpapier. Dann stellte er sich vor mich hin, als wolle er ein Gedicht vortragen: »Also, es ist eine Reklame für ein Shampoo, aber das werden Sie als Profi schon merken. Also: Eine wunderschöne Frau (an dieser Stelle beschrieb er, mit den kurzen, fetten Armen rudernd, eine Wölbung vor seiner Brust, die wohl Körbchengröße Doppel-F darstellen sollte) geht auf einem langen, langen roten Teppich entlang. Sie ist ein Star, verstehen Sie? Und sie hat so dolle Haare. Sie lächelt in die Kamera, und sagt: ›Haare wie Hollywood. Mit dem neuen Soundso-Shampoo!‹ Na? Und?«

Ich starrte in meine Espressotasse. So ganz wollte ich es mir nicht verderben mit einem Irren, der sich unter Umständen noch privatere Teile von mir ansehen würde.

»Herr Doktor, es hat was ... Großes!«

Dr. Fantastisch freute sich wie irre; nie zuvor habe ich jemanden mit dem ganzen Körper kichern sehen: »Finden Sie, ja? Och, ich wäre gerne in die Werbung gegangen. Oder ich wäre bestimmt auch ein guter Schauspieler geworden. Aber mein Vater meinte, ich solle in seine Fußstapfen treten. Macht ja auch soviel Freude. Was, äh, machen eigentlich Ihre Eltern so?«

Ich holte tief und hörbar Luft. »Wissen Sie, ich könnte noch ewig mit Ihnen plaudern, aber ... also, ich habe Schmerzen!«

Doktor Fantastisch sah mich an, als hätte ich ihn gerade geweckt. »Ah, ja, die Verletzung. Ganz vergessen.

Dann setzen Sie sich doch mal auf meinen schönen Stuhl da hinten, aber vorsichtig, da ist frisch gefliest.«

Warum blieb mir nichts erspart? Der Boden um den blöden Stuhl war *sehr* frisch gefliest. Die erste Fliese, auf die ich trat, rutschte glatt aus den Fugen. Doktor Fantastisch kratzte sich am Kopf: »Wissen Sie, die letzte Patientin habe ich so dahin geworfen, aber die war auch ein ganzes Stück kleiner als Sie. Sie müssten schon springen. Schaffen Sie das?«

Wenn der Arzt meines Vertrauens mir tatsächlich ein Gläschen Prosecco zum Mut-Antrinken anbietet, schaffe ich fast alles. Ich nahm einen Schluck, dann Anlauf und ...

»Gut gemacht, Bravo!«

Dr. Fantastisch sah sich meine Verletzung an.

»Äußerst selten. Ein so genannter *Pfählriss*. Da muss ja die Post abgehen bei Ihnen zu Hause. Eigentlich sollte man auf so eine leidenschaftliche Beziehung ja noch mal anstoßen, hihihihi. Oh, der war gut!«

Ich habe mich mit der Zeit daran gewöhnt, dass es in meinem Leben mehrere Paralleluniversen gibt. Ich gerate mittlerweile deswegen nicht mehr in Panik, sondern versuche mitzulachen, auch wenn es auf meine Kosten geht. Wenn ich schon halbnackt mit einem Glas Prosecco in der Hand einem verkannten Komödianten in Größe XS gegenübersaß, der Benny-Hill-Witze riss, konnte ich auch gleich mit einsteigen: »Ja, Doktor, dann schenken Sie uns doch einfach nach, und wir trinken darauf, dass sich mein Freund solange keine Neue aufreißt.«

Das fand der Doc erstaunlicherweise sehr komisch. Er erstickte fast an seinem Lachanfall.

Als er sich nach zehn Minuten einigermaßen davon erholt hatte, meinte er:

»Ach, junge Frau, Sie gefallen mir. Sie wissen das Leben zu nehmen, wie es kommt. Meinen Sie, Sie schaffen den Sprung zurück?«

Und ich schaffte es. Doktor Fantastisch verschrieb mir eine Salbe und nahm mich beim Herausgehen an die Hand: »Sie werden das schon hinkriegen, Sie sind eine tolle Frau. Ich könnte mir vorstellen, dass auch Ihr Bild eines Tages hier hängen wird.«

Ich starrte auf seine Fotowand.

»Dann möchte ich aber neben Siegfried und Roy hängen, ja?«

Er gab mir die Hand darauf und versprach, dass er mir bei meinem nächsten Besuch ein Geburtshoroskop erstellen würde – das sei so ein Hobby von ihm.

Die Apothekerin sah sich mein Rezept an und schmunzelte. Sie gab mir die Salbe und wünschte mir »einen ganz besonders schönen Abend«. Erst dann sah ich mir die Kopie des Rezeptes an. Auf dem Zettel stand, unter der Medikamentenbezeichnung: »Frau Buddenkotte, bitte zwei Wochen nur kuscheln, verstehen Sie? Nur kuscheln!! Herzlichst, Ihr Doktor Fantastisch.«

Taschi malt

Eines Tages war mir nach Erholung. Bei meinen Recherchen zum Thema entdeckte ich, dass meine großen literarischen Vorbilder sich zu diesem Zwecke stets in Luftkurorte zurückgezogen hatten, um mit einem karierten Plaid auf den Knien monatelang auf Terrassen auszuharren und im Zweifelsfall dort wie nebenbei Weltbestseller zu produzieren. Körperlich intakt, musste ich also die Krankenkasse von einer tiefen, seelischen Pein überzeugen, die mich so stark quäle, dass nur Davos im Spätherbst mir helfen könne. Gutgelaunt erzählte ich also einer eingerosteten Psychologin, dass ich sehr einsam sei. So einsam, dass meine einzige Gesprächspartnerin meine Plüschhandtasche, zärtlich Taschi genannt, sei. Der Plan ging voller auf als gedacht. Schon wenige Tage später fand ich mich in einer psychosomatischen Einrichtung im nördlichen Niedersachsen wieder. Ganz ohne kariertes Plaid auf den Knien.

Ich dachte immer, das Schlimmste sei die Maltherapie. Dabei sollte ich doch mittlerweile wissen, dass das Böse stets noch einen Multiplikator findet. Heute findet also meine erste Einheit von »Therapeutisches Malen in Gruppen« statt.

Im Grunde genommen ein gewagtes Projekt, weil die Irren hier noch mal extra neu gemischt werden. Beim meditativen Individualkrakeln dürfen wir Privatpatienten ja meist immer unseren Gefühlen freien Lauf lassen und auch mal an die teuren Ölfarben ran. Die Bilder der Essgestörten, die in der Stunde vor uns dran sind, liegen dann immer zum Trocknen herum. Ich behaupte, mittlerweile sehr genaue Blind-Diagnosen anhand ihrer Werke erstellen zu können. Äußerst beliebt bei Bulimikerinnen ist das Motiv »Kleines zusammengekauertes Strichmännchen in undurchdringlichem schwarzem Kreis«, während die Magersüchtigen gerne weiche, runde Wellenlinien zeichnen, möglichst in warmen Erdtönen.

Die wahre Herausforderung ist es, zu erraten, welches Bild zu welcher Themenvorgabe gemalt wurde. Denn scheinbar sind kackfarbene Wellenlinien der ideale künstlerische Ausdruck, um sowohl »Ich selbst innerhalb meiner Familie« als auch »Meine Traumlandschaft« oder auch »Mein Leibgericht, wenn ich essen würde« darzustellen.

Ich habe meiner Lieblingsmagersüchtigen Andrea, die die Maltherapie ebenfalls hasst, geraten, aus Energiespargründen einfach immer wieder dasselbe Schlammlawinenbild zu präsentieren. Das Experiment war ein Teilerfolg: Bei der ersten Präsentation von »Wellenlinien camouflage« beurteilte die Hungertherapeutin das Werk als interessant, bei der zweiten Ansicht wollte sie »enorme Fortschritte« beobachtet haben, und beim dritten Mal empfahl sie eine Verlängerung von Andreas Klinikaufenthalt.

Jetzt wissen wir nicht, ob wir die Therapeutin verarscht haben oder umgekehrt. Deswegen gehen Andrea und ich morgen runter ins Dorf, um für eine neue Versuchsreihe die Wellenlinien farbzukopieren und an sämtliche Insassen der Klinik zu verteilen. Wir sind sehr gespannt auf das Ergebnis.

Aber wie gesagt, Gruppenmaltherapie ist eine ganz andere Tasse Tee, und ich kann nur hoffen, dass ich entsprechend vorbereitet bin.

Um meine Psychologin zu erfreuen, nehme ich meine Plüschtasche mit in den Werkraum und lege sie auf den Stuhl neben meinem. Wenn jemand fragt, ob der Platz frei sei, gucke ich den Betreffenden schräg an und entgegne, dass er das schon Taschi selber fragen müsse.

Die Psychologin macht sich eifrig Notizen. Ich lache mir heimlich ins Fäustchen. Die haben wir aber ausgetrickst, was, Taschi?

Irgendwann sitzen alle, und die Psychologin sieht sehr zufrieden aus. An jeder Tischgruppe sitzt je ein Essgestörter, ein Depressiver, ein Zwanghafter und ein Angstpatient. Meine Gruppe ist wieder mal der freakigste Haufen: Meine Freundin Wilmy mit dem Waschzwang; Anton, der sensible Pedant; Zarah, die schon vier Mal versucht hat, sich das Leben zu nehmen, weil sie solche Angst hat zu sterben; und ich, Diagnose albern. Nicht zu vergessen Taschi, die heute ihre nicht allzu manische Phase hat und ausdruckslos auf ihrem Stuhl liegt.

Unsere Aufgabe hört sich genauso an, wie ich es erwartet hatte: »Ich möchte, dass jetzt jede Gruppe eine Insel auf ihr schönes, riesiges Plakat malt. Die einsame Insel, die Sie sich in Ihren Träumen vorstellen, und jeder aus jeder Gruppe darf drei Dinge dazu malen, die *er* oder *sie* gerne mitnehmen würde.«

In diesem Moment halte ich mir die Ohren zu, weil ich den nächsten Satz einfach nicht mehr hören kann und bei wiederholtem Ausspruch fürchte, ganz spontan und expressiv ins Bulimielager zu wechseln: »Ich denke, dass da ganz, ganz spannende Sachen bei rauskommen werden.«

Während Wilmy noch hektisch damit beschäftigt ist, sich einen sagrotangetränkten Malerkittel umzubinden und Zarah schon bei dem Gedanken an eine einsame Insel blau anläuft, sehen Taschi und ich interessiert zu, wie Anton ein Lineal zu Hand nimmt, um die einsame Insel in gleich große Planquadrate einzuteilen. Dann beginnt er, sein Eckchen mit einer Art Dreifelderwirtschaft für gemischtes Saatgut zu bepflanzen.

Wilmy ist fertig mit Desinfizieren und malt erst einmal eine Sprühflasche mit Totenkopf in ihren Teil der Insel.

Plötzlich inspiriert, nehme ich mir auch einen Bleistift zur Hand und ziehe einen Strich durch meinen Inselteil. Schließlich soll auch Taschi mitdenken dürfen. Dann male ich zwei Palmen und eine Schachtel Kippen auf meine Seite. Taschi will ein Pony mitnehmen, und ich male ihr eins. Dann weiß sie nicht mehr weiter, und ich bequatsche sie, dass sie ja dann für mich noch zwei Ersatzpackungen Kippen mitnehmen könne. Sie erweist sich als echte Freundin, und wir sind fertig mit malen.

Zarah hat sich mittlerweile wie ein Geier über ihr Inselviertel gebeugt, den einen Arm davor verschränkt, damit auch ja keiner abguckt. Mit der anderen Hand malt sie so konzentriert und schnell, dass ihr der Schweiß millimeterdick auf der Stirn steht. Ich verstehe jetzt, warum die Frau schon Angst hat zu sterben, wenn sie sich bloß ein Brötchen schmiert.

Irgendwann kommen wir »dann langsam zum Schluss«, und jeder Einzelne darf sich für seine lausigen Wünsche und miserablen Zeichenkünste rechtfertigen. Natürlich haben einige den Sinn der Sache wieder nicht verstanden. Die kleine Nina aus meiner Station will unbedingt und ausschließlich ihre Mutter mitnehmen, und während unsere Therapeutin noch versucht, ihr ganz sensibel zu erklären, dass Mutti eine Person und keine drei Dinge ist, blafft eine Patientin vom Nebentisch eher weniger sensibel: »Ey, Nina, einsame Insel, dat is wie hier, verstehste, nur ohne andere Idioten, die rumnerven!«

Nina starrt die besagte Patientin an, droht in Tränen auszubrechen, fasst sich aber wieder und sagt ganz ruhig: »Okay, dann nehm ich 'nen Discman mit. Soll ich meine Mutti durchstreichen oder einen Kasten mit Kopfhörern um sie drummalen?«

Wir alle starren unsere Therapeutin gespannt an. Sie wirkt unsicher. Mutti durchstreichen wäre bestimmt ein wichtiger Schritt in Ninas Heilungsprozess, allerdings verspricht Muttis Mutation in einen tragbaren CD-Player eine künstlerische Sensation. Aber unsere Therapeutin ist eine feige Nuss: »Nina, wir lassen das erst mal so stehen.«

Ein kollektives Seufzen geht durch den Werkraum. Wenn irgendetwas »erst mal so stehen gelassen« wird, kann der Betreffende sich auf eine mindestens dreiwöchige Verlängerung seines Klinikaufenthaltes gefasst machen. Hoch gepokert, Nina, und verloren.

Während die anderen Patienten nun nacheinander ihre Bilderinseln erklären, begreife ich, dass man bei dem Spiel gar nicht gewinnen *kann*. Ganz egal, ob man nun sein Lieblingsbuch, ein Kartenspiel, einen Panzer oder eine Flasche Meister Proper gemalt hat, jeder Gegenstand wird nur als Beleg für die jeweilige Diagnose dienen, sei sie nun »zwanghaft«, »depressiv«, »süchtig« oder eben »albern«. Selbst völlig gesunde, stinkreiche und schwerverliebte Menschen könnten keine drei Dinge für eine Insel auswählen, die nicht irgendwie bedenklich erscheinen würden. Die Frage könnte ebenso gut lauten: »Was sollen wir dir denn in deinen Sarg reinlegen, falls du es hier nicht schaffst?« Ich rege mich auf, weil der Trick genauso mies wie billig ist.

Plötzlich ist unsere Gruppe dran. Zarah soll ihren Inselteil freigeben, und nach einigen Sekunden des Hyperventilierens hebt sie tatsächlich ihre Arme vom Tisch. Ich erkenne einen schwarzen Kasten, der eine Spinne ausspuckt, einen etwas größeren, gelben Kasten und ein Ei mit Skiern dran. Originell, da hätte ich mal drauf kommen sollen. Auch die Therapeutin scheint gespannt auf Zarahs Erklärung. »Das da«, beginnt Zarah mit erstickter Stimme und zeigt auf den kleinen schwarzen Kasten, »ist ein EKG-Gerät. Wenn ich wieder meine Herzrhythmusstörungen bekomme, schließe ich mich daran an. Wenn es lebensbedrohlich wird, gehe ich zur Telefonzelle.«

Sie deutet auf den gelben Kasten und erläutert weiter: »Von da aus rufe ich im Krankenhaus an und sage Bescheid, dass ich jetzt mit dem Hubschrauber (*das Ski fahrende Ei*) losfliege, sie sollen einen OP freihalten.«

Wir glotzen stumm auf unsere Insel. Plötzlich höre ich ein einsames Klatschen. Es kommt von meinen Händen. Die anderen stimmen in den Applaus ein. Zarah hat nicht nur die Maltherapie überlebt, sie hat auch noch den Inselcode geknackt. Perfekt. Nur unsere Therapeutin scheint nicht erfreut. Tückisch grinsend und zuckersüß bohrt sie nach: »Aber Zarah, wenn du so eine Angst vor dem Sterben hast, wie willst du denn dann noch alleine mit einem Hubschrauber ins Krankenhaus fliegen?«

Zarah denkt keine Sekunde nach. Sie sieht die Therapeutin an, mit einem eiskalten Blick, und erwidert mit einer Stimme, die einem Vietnam-Veteranen zu gehören scheint: »Deswegen habe ich ja das EKG-Gerät dabei. Ich fliege nämlich erst dann los, wenn ich sicher bin, dass ich sowieso abkratze. Dann lande ich doch lieber selbst mit dem Vogel im Wasser und explodiere in tausend Stücke, als auf so einer blöden Insel mit drei Irren und einer Handtasche zu krepieren.«

Die Therapeutin kann nicht mehr antworten, die Stunde ist zu Ende; wir lassen das einfach mal so stehen. Ich persönlich finde, dass Zarah heute einen riesigen Schritt nach vorn getan hat. Auf dem Weg nach draußen bleibt Zarah kurz neben mir stehen, berührt den Träger meiner Handtasche und flüstert: »Entschuldigung, Taschi, ich meinte natürlich vier Irre, aber das hätte die Alte echt überfordert.«

Taschi nimmt die Entschuldigung stumm und nachdenklich an.

Mein linker Fuß geht zur Gruppentherapie

Übermut tut selten gut. Ich kenne mich jetzt lange genug, um zu wissen, wo meine Talente liegen. Ich bin eher dazu geboren, mich lasziv auf Liegemöbeln zu räkeln und dabei raffinierte Süßspeisen zu naschen, als in ungesunder Kunstfaserkleidung Extremsport zu betreiben.

Trotzdem konnte ich an jenem Sonntag im Park einfach nicht widerstehen. Ich sprang von meiner Decke auf, auf der ich mich seit Stunden mondän geräkelt und Walnuss-Eis in mich hineingestopft hatte, und schrie: »Ich spiel' mit Frisbee!«

Die Begeisterung der anderen hielt sich in Grenzen, aber sie waren dazu erzogen worden, nett zu Minderbemittelten zu sein. Sie warfen den Frisbee tatsächlich in meine Richtung. Ganze zwei Mal. Das erste Mal duckte ich mich so geschickt, dass die Scheibe nicht direkt in meiner Hand, sondern auf dem Grill der türkischen Familie ganze fünfzig Meter hinter mir landete. Wenn so ein Frisbee auch nur ganz leicht angesengt ist, verläuft seine Flugbahn nicht mehr optimal; deswegen war es kein Wunder, dass mein Wurf die Drei-Meter-Grenze kaum überschritt. Dennoch warfen ihn meine Mitspieler schon nach zehn Minuten wieder mitleidig in meine Richtung. Ich stürmte vorwärts, bekam das Biest zu fassen, jubelte, machte noch einen Ausfallschritt und – brach mit meinem linken Fuß in ein Erdloch ein.

»Aua. Auaauaauauau!«

Die anderen dachten zunächst noch, dass mein dramatisches Gehumpel der Ausklang eines Freudentänzchens sei, aber in dem Moment, als ich vor Schmerzen in den Frisbee biss, erklärten sie das Spiel für beendet – zumindest, was mich anging.

Mein Fuß tat höllisch weh. Ich verabschiedete mich und behauptete tapfer, dass ich es die paar Meter nach Hause auch alleine schaffen würde. Ich humpelte durch den Park; auf halber Strecke überholte mich eine Entenfamilie. Zuhause kühlte ich meinen Fuß und legte ihn schön hoch, damit er sich die *Lindenstraße* besser ansehen konnte. Beim *Tatort* muckte er noch herum, aber als *Der Kommissar* lief, war er zum Glück schon selig eingeschlafen.

Als ich ihn am nächsten Morgen weckte, tat er nicht mehr ganz so weh, aber er hatte einen Mordsschädel. Ein hühnereigroßes, strahlendblaues Furunkel hatte sich dank meiner Sofortbehandlung auf meinem Spann entwickelt.

Meine Mutter befahl mir, den Fuß zum Röntgen ins Krankenhaus zu bringen. Hatte ich eh vorgehabt; das

Problem war nur, dass meinem Fuß wegen seiner Deformation kein Schuh mehr passte. Strümpfe auch nicht. Schließlich fand ich doch eine Fußbekleidung, die mein Fuß gequält akzeptierte: *die roten Stinker*. Die roten Stinker bestehen aus Vollplastik, abgesehen von ihrer äußerst saugfähigen Einlegesohle, die aus einer Art Kaugummi/Esspapier-Legierung besteht. Sie entfalten ihr volles Aroma schon nach fünf Minuten Tragezeit. Ich wollte sie schon vor Jahren entsorgen, aber ich fand sie immer sehr dekorativ, solange sie meinen Füßen fernblieben. Also reaktivierte ich die roten Stinker und ging mit ihnen Richtung Klinik.

In all den Jahren hatten die Stinker ihre Wirkung auf die Umwelt nicht eingebüßt. Das Wartezimmer leerte sich schneller, als ich mich setzte; wenigstens kam ich so eher an die Reihe. Der Arzt war nett, bis er sich zu meinem Fuß herunterbeugen musste. Er bemerkte noch, dass Sport zur Förderung der Gesundheit seiner Meinung nach maßlos überschätzt werde. Wahrscheinlich log er deshalb so dreist, weil er davon ausging, dass meine roten Stinker Leistungssport betreiben müssten, um derart intensiv zu müffeln.

Vor den Röntgenkabinen wartete ein elegant gekleideter Herr neben mir. Als der Professor erschien, sprachen die beiden seinen Leberkrebs im Endstadium durch; der elegante Herr gab sich kämpferisch. Er schnüffelte in der Luft, warf einen Blick auf mich und meine Füße und sagte schließlich tapfer: »Andere Leute haben noch viel schlimmere Schicksale zu verkraften.«

Ich bin immer froh, wenn ich anderen Leuten Mut

machen kann. Beim Röntgen enttarnte ich mich als Profi und ließ mir die Bleischürze zuwerfen. Der Radiologe war irgendwie niedlich, und ich hätte ihn gern mal mit anderen Schuhen wiedergesehen. Ich beeindruckte ihn damit, dass ich meinen Fuß auf Anweisung geschickt in die gewünschten Positionen brachte, ohne dass er Hand anlegen musste. Endlich zahlte sich das jahrelange Räkeltraining auf Liegemöbeln aus.

Zurück in der Notaufnahme, öffnete der Arzt schon das Fenster, als er mich sah, und ich beschloss, Klartext mit ihm zu reden: »Tut mir leid wegen der Schuhe.«

Er nickte stumm und mit angehaltenem Atem. Der Fuß war natürlich nicht gebrochen und bekam deshalb auch keinen geruchshemmenden Gips. Der Arzt verstand, dass ich trotzdem nicht am nächsten Tag zur Arbeit gehen wollte – angetan mit den roten Stinkern. Leider konnte er mich nicht krankschreiben, empfahl mir aber dringend, den gelben Schein bei meiner Hausärztin einzufordern. Er winkte mir mit zugehaltener Nase zu, und ich schaffte es relativ zügig nach Hause zurück, da alle mir entgegenkommenden Menschen die Straßenseite wechselten.

Ich rief meine Hausärztin an. Ich mag sie wirklich. Sie ist nicht nur praktische Ärztin, sondern auch Psychotherapeutin. Als mir die Arbeit bei der Werbeagentur zum Hals raushing, hat sie mir ein Attest geschrieben, das belegt, dass ich dort praktisch seelisch gefoltert wurde. Ich habe ein paar gute Gespräche mit ihr geführt, die meine Krankenkasse sogar bezahlt hat. Das einzige Problem mit ihr ist, dass sie ein bisschen übermotiviert ist, was ihre Patienten angeht. Ich erzählte ihr von meiner Sportverletzung und fragte sie, ob sie mich für den nächsten Tag von meiner Arbeit fernhalten könne.

»Es ist doch aber eine vorwiegend sitzende Tätigkeit, die Sie dort im Büro ausüben, oder nicht?«

Ich erklärte ihr, dass es mir nicht ums Sitzen, Stehen oder Rumlaufen bei der Arbeit ginge, sondern um die Geruchsentwicklung meiner einzig möglichen Fußbekleidung. Natürlich dachte ich, dass sie sofort Verständnis für das Phänomen *Rote Stinker* haben würde, aber leider sah sie ein viel tiefgreifenderes Problem, als ich es je vermutet hätte: »Sind das wieder diese Ängste, sozial nicht kompatibel zu sein, Frau Buddenkotte?«

Ich schüttelte den Kopf, eine dämliche Angewohnheit von mir; ich vergesse immer wieder, dass die Person am anderen Ende der Leitung mich in den allermeisten Fällen nicht sehen kann. Dann sagte ich: »Nein, nur mein Fuß, der ist im Moment wirklich eher, äh, introvertiert. Ich meine, mir geht's gut, aber mein Schuh hat Schwierigkeiten mit der Umwelt.«

Klar, so ein geballter Müll musste sich für das psychologisch geschulte Ohr alarmierend anhören.

»Frau Buddenkotte, ich mache Ihnen jetzt einen Vorschlag: Wie wäre es also, wenn Sie um sechs zu meiner Gruppentherapie kommen, und wenn Sie dann noch Probleme mit Ihrem *introvertierten* Fuß haben, schreib' ich Sie krank?«

Das klang gut. Das klang nach Erpressung. Also willigte ich ein.

In den mir verbleibenden zwei Stunden überlegte ich mir, wie ich am einfachsten zu meinem gelben Schein kommen würde.

Ich konnte noch ein wenig spazieren gehen, bis die roten Stinker so erbärmlich riechen würden, dass meine Ärztin die bedrohliche Lage sofort erkennen und mich ohne Gruppentherapie krankschreiben würde. Allerdings war ihr zuzutrauen, dass sie mich trotz des Pestbeulengestanks zur Gruppentherapie bitten würde. Dort gingen dann Leute mit echten Problemen langsam und qualvoll zugrunde, weil ihre guten Therapiefortschritte sie davon abhalten würden, schreiend aus einer Arztpraxis zu türmen.

Möglichkeit Nummer zwei bestand darin, barfuß zu meiner Ärztin zu gehen. Aber dann würde sie mir sagen, ich könne ja auch barfuß ins Büro gehen. Sie ist da so herrlich unkonventionell – meine Kollegen leider nicht.

Also entschloss ich mich nach alter Gewohnheit zur dümmsten Variante: Ich restaurierte die roten Stinker. Nach einem Bad in Seifenlauge rochen sie erstaunlicherweise noch fast genauso streng wie vorher, waren allerdings von innen nur schwer zu trocknen. Durch das Fönen nahmen sie ihren vertrauten Geruch wieder vollständig an. Ich rückte ihnen mit billigem Parfüm auf den Leib. Das endlich half. Sie rochen nach einem russischen Puff am ersten Weihnachtstag.

Um halb sechs war ich so fertig mit den Nerven, dass ich die Aussicht auf eine Gruppentherapiestunde sehr tröstlich fand. Offensichtlich war ich wirklich schwer gestört und hatte Probleme mit meiner Umwelt. Oder würde ich sonst stundenlang an ekeligen Fünf-Euro-Schlappen herumdoktern, die ich eigentlich wegwerfen wollte? Ich schlüpfte also in die Stinker und glitschte zur Praxis.

Meine Ärztin begrüßte mich freudestrahlend, und als ich wortlos auf meinen Fuß deutete, um ihr die Schwere meiner Verletzung zu demonstrieren, sagte sie nur: »Ja, Sie hüpfen ja schon wieder herum wie eine junge Gemse. Man fühlt sich ja gleich ganz anders, wenn man mal einen neuen Duft ausprobiert, nicht?«

Das Dumme an Psychologen ist, dass man nie so genau weiß, ob sie einen hochnehmen wollen oder es ernst meinen.

Ich grinste blöde.

Sie grinste blöder und klatschte in die Hände: »Ja, dann kann es ja jetzt losgehen. Die anderen sind schon alle da!«

Dann schob sie mich sachte, aber bestimmt in den Gruppenraum.

Nach meiner Erfahrung haben Gruppentherapien viel mit Kasperle-Theater gemeinsam. Nicht nur bei den abzuhandelnden Themenkomplexen, sondern auch beim Casting wird darauf geachtet, dass immer dieselben bekannten Figuren auftauchen. Statt des Seppls gibt es den Softie, der mit Frauen nicht zurechtkommt, statt des Krokodils den Choleriker, mit dem die Frauen nicht zurecht kommen, und statt des Mariechens ein schüchternes Pflänzchen, das mit sich als

Frau nicht zurechtkommt. Nur die Großmutter ist eine echte Großmutter, die allerdings ein selbst gemaltes Seidenhalstuch trägt und irrigerweise annimmt, sie käme total gut mit jungen Frauen zurecht.

Und weil meine Therapeutin richtigerweise festgestellt hatte, dass sie auch alle da sind, konnte es also losgehen. Ich saß zwischen Mariechen und Seppl. Keine schlechte Ausgangsposition. Natürlich beging ich den einzig wirklich großen Fehler, den man bei einer Gruppentherapie begehen kann: Ich fühlte mich plötzlich ganz gut. Ich nahm an, die Einäugige unter den Blinden zu sein. Ich fing an, mich vollkommen zu entspannen, und die roten Stinker taten dasselbe. Sie wechselten langsam ihr Aroma von *Russisch-Puff* wieder zurück zu *Gorgonzola-Muff.*

Mariechen rückte ans andere Ende ihrer Stuhlkante, und ich konnte Seppls Gedanken durch seine weit aufgerissenen Augen sehen: »Das Teufelsweib will seine Duftnote hier absondern und mich hormonell fertigmachen. Ich wusste es.«

Unsere Therapeutin teilte bunte Wachsmalstiftchen aus, und jeder sollte seinen Namen auf ein Stück Pappe malen. Keine besonderen Vorkommnisse an dieser Stelle. Manchmal flippt schon dabei der eine oder andere aus, weil er seinen Namen hasst, aber wir brachten die erste Aufgabe ganz lässig über die Bühne.

»Wenn Sie wollen, können Sie auch kleine Blumenranken oder sonstige Verzierungen dazu malen, ganz so, wie es Ihnen gefällt …«, zirpte Frau Doktor.

Dieser Psychotrick ist so ungefähr das Billigste, was

auf dem Markt erhältlich ist. Der *Blumenranken-Trick* dient einzig und allein der Einteilung in zwei Gruppen. Die Rankenmaler sind die Lämmer, die anderen die Böcke. Es passiert äußerst selten, dass jemand irgendeine andere Verzierung statt wie befohlen Blumenranken malt oder, aus vermeintlicher Selbstbestimmung heraus, seinen Namen so nüchtern und schnörkellos wie möglich aufschreibt, damit man ja nicht denkt, er würde sich von anderen zu irgendetwas überreden lassen, was er nicht will.

Also malte ich einen Nymphensittich unter meinen Namen, weil ich den am besten malen kann. Wie vorhergesehen, hatten sich das Krokodil und der Oberwachtmeister für die nüchterne Form entschieden, und Seppl hatte seine Blümchen schön bunt gemalt und hieß tatsächlich, nein, nicht Seppl, sondern Malte.

»Interessant«, log die Therapeutin unverblümt.

»Jetzt möchte ich, dass jeder kurz erzählt, was er mit seinem Namen verbindet und warum oder auch warum nicht er ihn so verziert hat.«

O je. Das Krokodil namens Viktor fing an.

»Ich mag meinen Namen. Er bedeutet ›Der Siegreiche‹. Ich mag keine Blumen. Also nur manche. Früher mochte ich meinen Namen nicht so sehr.«

Jetzt wurde es spannend, Viktor begann, sich zu öffnen. »Wie ihr alle wisst, können Kinder echt grausam sein. Mich nannten sie früher *Wick-Bonbon.*«

Verständnisvolles Kopfnicken von allen Seiten, betretenes Schweigen. Ein einziges, peinliches Lachen erschütterte den Raum. Alle schauten mich an, als wäre ich auf eine andere Art bescheuert als sie selbst. Stimmte ja auch. *Wick-Bonbon!* Wie blöde war das denn?

Dann war Oberwachtmeisterin Susanne an der Reihe, die auf keinen Fall Susi genannt werden wollte. Sie sagte das so deutlich, dass uns allen klar wurde, dass es für jedes Susi-Sagen einen Kieferbruch retour gab.

Mariechen hieß Gabriele, hatte aber mit Gabi kein wirkliches Problem. Mit ihrem Namen verband sie den Erzengel Gabriel, daher die Blumenranken. Ach so.

Dann war ich dran. »Ich mag meinen Namen. Das Tolle an ihm ist, dass man eine Endlosschleife daraus machen kann. Katinkatinkatinkatinkatink …«

Alle sahen mich verständnislos an. Ich hatte mich wohl gerade als extrem ichbezogen und neurotisch dazu geoutet. Die Therapeutin lächelte: »Und warum haben Sie den Papagei dazugemalt?«

Erwischt. Ich durfte ja auf keinen Fall zugeben, dass ich den Blumenranken-Trick kannte. Oder mich gar wichtig machen wollte. Also erfand ich eine nette kleine Geschichte, die mich zum Psychotiker der Woche krönen sollte.

»Ja, also, ich hatte auch mal einen Vogel, und der sagte immer nur *Katinkatinkatink …* Deswegen.«

Malte meldete sich zu Wort: »Warum hast du dem Vogel denn deinen Namen beigebracht und nicht seinen eigenen?«

Großartig. Ein Mann, der nicht nur Gesichter in Buchstaben malte, sondern auch für die Selbstbestimmung von ausgedachten Sittichen kämpfte. Das wurde mir zu blöd.

»Der Vogel hieß auch Katinka. Darum.«

Meine Schuhe hatten langsam aber sicher den Zenit ihres Aromas erreicht. Bis auf meine Therapeutin schienen jetzt alle unter leichten Schleimhautverätzungen zu leiden; jedenfalls wurde schüchtern darum gebeten, ein Fenster zu öffnen. Seppl-Malte und Gabi-Mariechen nutzen die Gelegenheit, ihre Stühle von mir wegzurücken. Das Schlimme daran war, dass ich mir mittlerweile nicht mehr sicher war, ob sie das wegen meiner Ausdünstungen taten oder weil ich ihnen rein mental unangenehm war.

Am Ende der ersten Runde waren erst zwanzig Minuten vergangen, und in der zweiten wurde selbstverständlich mit härteren Bandagen gekämpft. Noch waren wir mit unseren blöden Namensschildern nicht fertig.

»Jetzt möchte ich, dass jeder von Ihnen anhand des Namenschildes rät, was Ihr linker Nachbar wohl macht. Beruflich, oder wie sein Familienstand ist. Falls jemand ganz falschliegt, darf die betreffende Person kurz korrigieren.«

Eine heikle Aufgabe, die Gabi-Mariechen völlig aus den Socken haute.

»Aber das geht doch nicht. Das ist doch peinlich, wenn man jemanden *niedriger* einschätzt. Da sag' ich dann einfach was *Höheres*, oder?«

Unsere Therapeutin beruhigte sie: »Sie müssen ja nichts Genaues sagen. Eine Tendenz genügt völlig.«

Gabi-Marie beruhigte sich nur halbwegs. Viktor

schätzte Susanne goldrichtig auf kinderlos und im kaufmännischen Bereich tätig ein. Ich sah in Malte einen Kindergärtner mit Kinderwunsch und erreichte damit einen von zwei möglichen Punkten. Er war Steuerberater, aber ich war nah dran. Gabi-Marie sah mich an, als sei ich eine Zimmerpflanze mit Blattlausbefall. Bevor sie sich äußerte, widmete sie meinem Bauchumfang besondere Aufmerksamkeit. Dann fällte sie ihr Urteil.

»Die hat mindestens zwei Kinder. Alleinerziehend. Und ist von Beruf ... Kassiererin.«

Das war selbst für mich zu viel. Ich verspürte den Drang, Gabi-Marie ordentlich eine zu scheuern. Ging natürlich nicht, denn dann müsste ich nächstes Mal erneut zur Gruppentherapie. Ich suchte nach einer eleganten Lösung, Gabi genauso niederzumachen, wie sie es mit mir getan hatte. Ich rang nach Atem und wollte gerade sagen: »Mein Mann und ich sind zu beschäftigt, um uns Kinder zuzulegen. Das bringt der Job im Vorstand einer großen Bank halt mit sich.« Aber das würde schnell auffliegen. Also sagte ich so arrogant wie möglich: »Nein, ich bin Künstlerin. Und kinderlos. Aber ich lebe in einer festen Beziehung.«

Ich konnte mich gerade noch zurückhalten, im Anschluss nicht »Ätschibätsch« zu sagen, aber es reichte auch so. Gabi-Marie wurde bleich.

»Oh, oh, ich dachte nur, weil ...«

Weil was? Die Begründung hätte ich jetzt wirklich gerne gehört. Ich war wegen eines verknacksten Fußes und zweier stinkender Schuhe hier und sollte mit einem seelischem Knacks und einer Anzeige wegen

Körperverletzung hier rauskommen? War das das Ziel der Übung? Warum, Gabi-Marie, bin ich in deinen Augen der Abschaum der Gesellschaft? Sag's mir, oder ich sage Susanne, du hättest Susi zu ihr gesagt. Aber unsere Therapeutin verdarb mir die Gelegenheit, wirklich etwas über mich herauszufinden: »Keine Entschuldigungen an dieser Stelle. Das war doch sehr interessant. Machen Sie sich bitte keine Selbstvorwürfe deswegen, Gabriele. Das ist dieses kleine Spielchen nicht wert.«

Wie bitte? Waren denn alle verrückt hier? Klar, hatte ich nur vergessen. Fast hätte ich angefangen zu heulen, zwang mich aber zum analytischen Nachdenken: Was an mir erinnerte an eine sitzengelassene Kassiererin? Nichts! Oder war es vielleicht meine aristokratisch gebogene Nase? Meine gewählte Ausdrucksweise? Oder meine Handschrift, die vor edlem Charakter nur so zersprang? Vielleicht die geschwollen Füße? Okay. Der Döner-Bauch? Ja. Die roten Stinker? Definitiv. Gerade wollte ich etwas Versöhnliches zu Gabi-Marie sagen, da flüsterte sie mir schon zu: »Das mit den Kindern habe ich nicht so gemeint. Also, ich dachte mir schon, dass die beim Vater leben.«

Diese Natter! Spielte das Unschuldslamm und war nur hier, um ihre Neurosen zu pflegen und mir noch einige mit auf den Weg zu geben. Okay, wenn sie dachte, sie dürfte vom Mariechen zur Prinzessin mutieren, würde ich jetzt auch umschwenken. Ich würde der Teufel sein und sie alle holen, hahaha! Ich lächelte Gabi-Marie an und rückte ein Stückchen näher zu ihr hin, bis ich fast auf ihrem Schoß saß. Dann befahl ich meinen roten Zauberschuhen: »Stinkt, Schuhe, stinkt!« Sie gaben alles.

Mittlerweile waren die anderen zu dem nächsten Partyspiel übergegangen.

»Jetzt sucht sich jeder einen Partner. Die Übung heißt: *Fels in der Brandung*.«

Das hörte sich nach optimalen Bedingungen für einen Rachefeldzug an. Ich packte Gabi-Marie beim Arm und zerrte ihn in die Höhe: »Ich mach das mit Gabi, um was geht's?«

Unsere Therapeutin lächelte milde. Experimentierfreudigkeit kommt immer gut an, es sei denn, man wirkt manisch dabei, so wie ich.

»Einer der Partner steht da, und der andere versucht, ihn durch leichtes Rempeln wegzudrängen. Aber der eine ist der Fels in der Brandung und lässt sich nicht verdrängen.«

Ich nickte begeistert und ließ dabei unvorsichtigerweise Gabi-Maries Hand los. Sie flüchtete Richtung Malte, der strahlte wie ein Honigkuchenpferd. Endlich eine Frau, die er vor der bösen Welt im Allgemeinen und den roten Stinkern im Besonderen beschützen konnte. Er sah in diesem Moment so therapiert aus, dass ich einen Teil des Honorars für mich beanspruchen wollte.

Für mich blieb Susanne übrig. Ich war mittlerweile seelisch so am Ende, dass ich das Einzige tat, was mir wirklich hilft: schmollen.

»Ich wollte gegen Gabi rennen, nicht gegen Susi!«

Leider hörte Susanne das, was ich fälschlicherweise für einen inneren Monolog gehalten hatte. Und leider war ich zuerst der Fels. Susanne rannte auf mich zu. Bestimmt spielte sie Handball. Oder doch eher Rugby. Und sie sah böse aus. Trotzdem rechnete ich nicht mit der Gewalt, mit der sie mich durch den Raum schleuderte.

»Frau Buddenkotte, Sie sind ein Fels, haben Sie das vergessen? Aber schön gerempelt, sehr gut. Genauso machen Sie das bitte demnächst auf der Straße. Fordern sie Ihren Platz ein. Ich glaube, das genügt für heute.«

Das glaubten glücklicherweise alle. Ich wurde einen Tag krankgeschrieben. Susanne auch, sie hatte sich beim Rempeln einen Finger gebrochen.

Beim Herausgehen machten alle einen großen Bogen um mich, einige klopften Susanne auf die Schulter. Endlich habe ich extreme Sozialisierungsprobleme. Ich sollte zu einer Gruppentherapie gehen.

Ach, wär' ich doch beim Erdbeersekt geblieben!

In Oldenburg (Niedersachsen) gibt es eine hübsche kleine Redewendung, die eine nicht ganz ernst gemeinte Androhung von körperlicher Gewalt impliziert. Sie lautet: »Hörma, du hast gleich Geburtstach!«

Für mich stellte sich niemals die Frage, auf welches historische Ereignis sich dieser Sinnspruch wohl zurückverfolgen lässt. Ich nehme einfach an, dass er zum ersten Mal zu der Stunde ausgesprochen wurde, in der auch ich das Licht der Welt erblickte. Denn meine Geburtstage hauen mich buchstäblich immer wieder um.

In der dritten Klasse beispielsweise hatte ich den perfekten Geburtstagsspaß organisiert. Ich wollte an diesem Nachmittag das Herz von Stefan aus der Parallelklasse erobern, und weil Knutschen in dem Alter ekelig war, musste ich mir seiner Zuneigung auf andere Weise gewiss werden. Mit 10 Packungen *Super-Dickmanns* wollte ich ihn auf die Probe stellen. Wenn er bei der Negerkuss-Schlacht einzig und allein auf mich zielen würde, wäre mir seine ewige Liebe sicher.

Es fing auch ganz traumhaft an: Nicht nur, dass Stefan mich (und zwar ausschließlich mich) einfach beworfen hätte – oh nein, er streckte mich im Garten nieder, nahm mich in den Schwitzkasten und seifte mich mit Negerküssen ein. Ich tat dasselbe, leidenschaftlich und erbarmungslos. Liz Taylor und Richard Burton hätten noch eine Menge von uns lernen können.

Mein Glück war vollkommen, minutenlang. Dann trennte mein Vater uns mit einer Heckenschere. Meine Mutter übernahm die Feinarbeit, und seitdem trug ich einen flotten Mecki-Haarschnitt.

Abgesehen davon, dass ich mein gesamtes Geburtstagsgeld an *Brot für die Welt* spenden musste, war dieser Tag meine erste Lektion in punkto Männer und Ehrgefühl: Stefan sagte mir am nächsten Tag in der großen Pause, dass seine Mutter nicht mehr wolle, dass wir zusammen spielen. Aber das fände er dann auch nicht so schlimm, weil er Mädchen mit kurzen Haaren eh doof fände.

Als ich elf wurde, brach ich mir beim Völkerball den Arm und war – selig. Ich würde einen echten Gips bekommen, und alle würden darauf unterschreiben. Leider war es ein komplizierter Bruch, der nur so behandelt werden konnte, dass ich in einen Ganzkörpergummischlauch gesteckt wurde. Nachts konnte ich damit nicht schlafen, und tagsüber sah es so aus, als wäre der Arm nicht nur gebrochen, sondern abgebrochen.

Die Einzige, die das toll fand, war meine Freundin Caro, die immer mit dem Schulbus fahren musste. Sie nahm mich drei Wochen lang jeden Tag mit zu sich nach Hause, weil sie mit mir als Einarmige diskussionslos auf dem heiß begehrten Behindertensitzplatz mitfahren konnte.

Nachdem ich mich nach diesen deprimierenden Ereignissen für einige Jahre aus dem Birthday-Business ausgeklinkt hatte, wollte ich meinen Achtzehnten wieder mal ganz groß feiern. Nach den schweren Gefechten der Pubertät waren mir immerhin vier Freunde geblieben, einer war sogar ein Typ. Meine Eltern waren zu den Nachbarn gegangen und hatten versprochen, nicht vor halb zwei wiederzukommen, damit wir ordentlich »reinfeiern« konnten.

Vielleicht lag es daran, dass ich meinen Geburtstag seit einigen Jahren nicht erwähnt hatte, denn irgendwie wollte keine rechte Stimmung aufkommen. Es war ein ganz normaler Abend, an dem sich fünf frustrierte Jugendliche die *Wetten, dass ...*-Verlängerung ansahen; aber ich ahnte, dass etwas im Busch war, dass sich meine Freunde bestimmt eine sagenhafte Mitternachtsüberraschung ausgedacht hatten und es dann so richtig losgehen würde.

Und tatsächlich: Um zehn vor zwölf erhoben sich zwei meiner Freunde und sagten verschwörerisch: »Ja, wir gehen dann mal, ne?«

Die beiden anderen schlossen sich an. Was waren sie doch für miserable Schauspieler! Augenzwinkernd brachte ich sie zur Tür und wünschte allen eine »gute Naaacht!«. Dann holte ich schon mal den Erdbeersekt aus dem Kühlschrank und wartete auf die große Überraschung.

Es war überwältigend. Um halb eins war immer noch keiner meiner so genannten Freunde wieder aufgetaucht, dafür klingelte das Telefon. Es war meine Oma, die eigentlich nur wissen wollte, wo sie wohl ihr Nachthemd hingelegt habe und warum ich denn immer noch keinen Freund hätte.

Danach meldete sich niemand mehr, weder am Telefon noch an der Tür.

Wenn du in den ersten drei Stunden deines Erwachsenenlebens zwei Flaschen schal gewordenen Erdbeersekt runtergespült hast und sich deine Eltern dann auch noch darüber freuen, dass du wohl endlich alt genug bist, eine Party zu feiern, bei der nichts in die Brüche geht außer deiner Selbstachtung, kommst du auf schräge Gedanken. Der erste war: »Deine so genannten Freunde kommen wohl nicht mehr wieder.« Der zweite: »Dann geh ich jetzt auch weg.« Der erste Gedanke war richtig, der zweite fatal.

Seit diesem vorläufigen Höhepunkt meiner jahrestäglichen Debakel waren gerade mal 364 Tage vergangen, und es hatte sich einiges in meinem Leben geändert. Statt mich im elterlichen Heim allein mit Erdbeersekt zu beschwipsen, saß ich nun mit meiner neuen Freundin Sandra in unserer Jugendherberge in Hollywood und trank Wodkabowle zum Frühstück.

Gut, wir waren nicht direkt dort, wo die Stars ein- und ausgingen, aber immerhin waren Sandra und ich seit einem halben Jahr fest angestellt: sie als Hausmeisterin, ich als Klofrau.

Ich fand es irgendwie rührend, dass Sandra an meinen Geburtstag gedacht hatte, obwohl sie ihn um knapp einen Tag verfehlt hatte. Diese Gefühlsduselei, kombiniert mit der Bowle, ließ mich auch auf Sandras großartigen Vorschlag eingehen: »Lass uns doch mal Melissa besuchen, die feiert heute eine kleine Party!«

Ein scheinbar harmloses Unternehmen, in das ich nur einwilligte, weil ich folgende Tatsachen erfolgreich verdrängt hatte: Melissa war aus unserer Jugendherberge rausgeschmissen worden, obwohl ihr ständig wechselnder Herrenbesuch sie stets fürstlich für diese Übernachtungsmöglichkeit entlohnt hatte. Dennoch war unser aller Herbergsvater Costas der Meinung gewesen, dass dieses Haus kein Puff sei, zumindest kein richtiger.

Melissa war also ins Valley gezogen, was meine Freundin Sandra sehr betrübte, denn an Melissas freierfreien Tagen hatten die beiden sich gerne mal ein Bett geteilt.

Hinzu kam, dass Melissa nicht nur weit, weit weg ans andere Ende der Stadt gezogen war, sondern auch mit meinem hartnäckigsten Verehrer eine Wohnung teilte – einem Typen namens Stewart, den alle nur *Donkyschlong* nannten. Da Donkyschlong auch an öffentlich sichtbaren Stellen und auf geistigem Niveau eher einem Unpaarhufer glich, fiel seine Liebe bei mir nicht auf allzu fruchtbaren Boden. Immerhin, er vergötterte mich bedingungslos, und das allein reichte mir an jenem Tag aus, um meine letzten Kröten in eine Taxifahrt zu investieren.

Auf halbem Weg ins Valley fiel Sandra auf, dass sie ihr Portemonnaie vorsichtshalber gar nicht mitgenommen hatte. Kleiner Tipp an alle Reiselustigen unter euch: Wenn ihr mit einer liebestollen Lesbe auf dem Weg in die Arme ihrer Angebeteten seid, werdet nicht allzu zuversichtlich, wenn sie spricht: »Zurück kommen wir schon irgendwie.« Denn eigentlich meint sie nur zwei Worte an diesem Satz wirklich ernst: »irgendwie« und »kommen«.

Am Ende meiner zwanzig Dollar hielten wir vor einem Appartementblock, der mich spontan an die vierhundert anderen Appartementblocks erinnerte, die ihn umringten. Der Taxifahrer konnte uns auch keine weiteren Auskünfte über die Korrektheit unseres Fahrziels geben, weil er schnell wieder aus der Gegend wegwollte, wie er uns erklärte. Wir standen ratlos im Dunkeln, als wir plötzlich ein Knallen aus dem vierten Stock hörten. Es klang wie ein Pistolenschuss.

»Da muss es sein!«, rief Sandra erleichtert und zog mich zur Eingangstür. Irgendetwas hielt mich zurück.

»Sandra, das war ein … ein Gewehr oder so?«

Wir lauschten. Noch mehr Schüsse, dann Gelächter. Sandra fand die einzig plausible Erklärung: »Das sind doch nur Knallbonbons. Komm, das wird bestimmt lustig.«

Das Flurlicht funktionierte selbstverständlich nicht, also folgten wir dem Knallen, dem Gelächter und – dem Stöhnen. Ich zog kurz in Erwägung, die vierzig Kilometer nach Hause zu laufen, aber Sandra hatte schon die Klingel gedrückt. Donkyschlong öffnete, schrie begeistert auf und schlabberte mich mit einem wodkageschwängerten Kuss aus meiner gerade wiedererlangten Nüchternheit heraus. Als ich endlich wieder sehen konnte, wünschte ich mir, blind zu sein.

Im Wohnzimmer sah es wie in einer drittklassigen Doppelgängeragentur nach einem atomaren Anschlag aus. Auf dem Boden lagen etwa zweitausend leere Bierdosen, auf diesen wiederum lagen etwa vierzig volltrunkene Geschöpfe, aus denen man wohl die Zweit-, Dritt- und Viertbesetzung der *Guns'n'Roses* hätte zusammenstellen können, wären diese Geschöpfe denn noch des Stehens mächtig gewesen.

Auf dem Sofa, das wie durch ein Wunder weder schwamm noch brannte, saßen Grandma und Grandpa Walton. Die beiden tranken ein Tässchen Tee und plauschten über die unerträgliche Hitze draußen, während sie das höllische Treiben drinnen gar nicht zu tangieren schien.

Der Hardrockpöbel war gerade damit beschäftigt, die Mikrowelle aus dem Fenster zu befördern, weil angeblich unheimliche Stimmen von ihr ausgingen. Donkyschlong versuchte, mich zu beeindrucken, indem er das Eis für meinen Mojito mit einem Nachttischchen zerstieß, als ich mich fragte, was an diesem perfekten amerikanischen Albtraum noch fehlte. Sandra brachte mich schließlich darauf:

»Wo ist denn Melissa?«, quäkte sie.

Wie aufs Stichwort öffnete sich die Badezimmertür,

und Melissa wankte heraus. Sie trug eine rote Lack-kombi, die im Schritt so eng saß, dass sich an dieser Stelle formschön das abzeichnete, was der Amerika-ner gern scherzhaft-derb als *cameltoes* bezeichnet. Das Make-up um ihren Mund war einer Schicht weißen Glibbers gewichen, das ich zu diesem Zeitpunkt noch für Pina Colada hielt. Freudestrahlend winkte sie uns mit einer alten Pferdepeitsche zu.

»Okay«, rief sie, »wer ist als Nächstes dran?«

Alles, was noch grölen konnte, grölte. Grandma Wal-ton kicherte wie ein verlegenes Schulmädchen. Sandra war auf die Knie gesunken. Ob sie das getan hatte, um für die armen Seelen zu beten oder um einen besseren Blick auf Melissas Schritt zu erhaschen, blieb ewig un-geklärt.

Es bestand Handlungsbedarf. Ich packte Donky-schlong am Schlafittchen und sprach so eindringlich auf ihn ein, wie man es mit jungen Hunden tun soll: »Erzähl mir nicht, dass Melissa hier einen nach dem anderen auspeitscht.«

Donkyschlong holte zu einer Erklärung aus, doch ein Slash-Double zu meinen Füßen kam ihm zuvor: »Doch, genau Baby, aber das Beste ist: Wer nicht schreit, kriegt anschließend einen geblasen.«

Man sollte gehen, wenn's am Schönsten ist.

Unglücklicherweise war Sandra bei der Erläuterung der Party-Spielregeln in tiefe Ohnmacht gefallen, und so ganz alleine wollte ich auch nicht raus zum Ster-ben. Melissa turnte mittlerweile halb entblößt um die Waltons herum und versuchte, sie als Kandidaten für das Badezimmer-Blase-Bingo zu gewinnen. Grandpa winkte lachend ab und sagte: »Nein, nein, Melissa, das mit der Peitsche geht mir zu sehr auf den Rücken.«

Melissa hielt mitten im Hopsen inne und rief dann, ganz perfekte Gastgeberin: »Aber Mister Stealing, Sie würde ich doch nie vorher Auspeitschen. Sie sind doch *mein Vermieter*!«

Plötzlich fand ich die Idee, alleine durch ein halbes Dutzend Gang-Gebiete nach Hause zu stöckeln, irgendwie erfrischend. Ich rannte die vier Stockwerke nach unten und atmete tief durch. Gut, ich stand ohne Geld und nur mit einem Cocktailkleidchen bekleidet im zweitderbsten Viertel von Los Angeles, und es war kurz vor zwölf. Weil ich aber doch eine Art Ehrgeiz verspürte, mein neunzehntes Lebensjahr zumindest ansatzweise zu erleben, packte ich mir die entsorgte Mikrowelle auf den Rücken und taperte Richtung Westen. Ich nahm an, dass ich zumindest die erste marodierende Bande mit einem gezielten Wurf mit meiner unkonventionellen Waffe würde abwehren können.

Hundert Meter weiter lief ich gegen einen Baum. Höchst ungewöhnlich in dieser Gegend, dachte ich noch und wunderte mich nur noch ein bisschen, als der Baum anfing zu sprechen: »Hey, crazy Lady, tust du da 'ne Mikrowelle haben tun?«

Da mein Leben so oder so vorbei war, wollte ich zumindest den Baum retten. Ohne den Kopf zu heben, antwortete ich: »Hey, das ist 'ne ganz schlechte Gegend hier, da sollte man um diese Zeit nicht rumhängen.«

Der Baum streckte seine Armäste aus und hob mich aus meinen Pumps: »Crazy Lady, ich bin Big Ben, und ich bin die schlechte Gegend hier, verstanden?«

Big Bens Augen waren eng wie die Schlitze eines Kaffeeautomaten, dafür war sein Mund so groß wie mein Gesicht. Er roch nach toten weißen Teenagern.

Ich wollte meine letzten Sekunden nicht mit Sport vertun, also hing ich in seinen Armen wie ein nasser Sack und wartete, bis er mich aufessen würde. Er schüttelte mich.

»Hey, ich hab' dich was gefragt gehabt. Ist das da eine Mikrowelle, die du da haben tust?«

Verwirrt und des Sterbens ungeübt, tat ich etwas total Unprofessionelles. Ich fing an zu heulen und wimmerte: »Jaaaa, und du kannst sie haben, aber bitte bring' mich nicht um, weil … ich hab' heute Geburtstag!«

Big Ben schnaufte. Dann grinste er.

»Das tut ja mal 'nen Ding sein tun. Und den willst du ausgerechnet allein mit 'ner Mikrowelle feiern tun?«

Ich nickte eifrig.

»Ich tu' da 'ne bessere Idee haben tun. Ich tu' nämlich auch Geburtstag haben tun. Wir gehen jetzt richtig feiern tun in Big Ben's Blues Bar.«

Ich fügte mich meinem Schicksal, zum einen, weil ich Blues als Beerdigungsmusik für angebracht hielt, zum anderen, weil Big Ben mich einfach samt Mikrowelle schulterte und pfeifend über die Straße trug.

Vor der Tür setzte er mich ab und hielt mir ein Stofftaschentuch vor den Mund. Chloroform, hatte ich es doch gewusst.

»Hier«, sagte er, »wisch dir mal durchs Gesicht, dass ist völlig vollgerotzt. Tust du heute fünf werden tun, oder was?«

Als wir die Bar betraten, verstummte die Band. Zwanzig Augenpaare schwenkten herum und glotzten uns an. Big Ben grunzte.

»Hey, Leute, was sollte ich tun? Die Mikrowelle gab's nur zusammen mit der Lady hier, und außerdem hat die heute auch Geburtstag haben tun.«

Die ersten Töne von *Happy Birthday* erklangen auf einer Mundharmonika. Ein Greis tippte mich an und fragte: »Hey, Girliebird, ich bin Little Ben, Bens Papa. Ihr zwei stoßt jetzt erst mal auf euren Geburtstag an und auf die neue Mikrowelle. Was trinkt die kleine Lady?«

Ich überlegte kurz.

»Erdbeersekt.«

Big Ben hielt das für eine gute Wahl, und wir tranken noch bis in den frühen Morgen, an dem Bens Bruder Tiny Tim mich nach Hause brachte. Am nächsten Tag rief ich meine Oma an und berichtete ihr, dass ich jetzt einen wirklich netten Mann kennen gelernt hätte.

Seitdem mache ich mir keinen allzu großen Stress mehr an meinem Geburtstag oder Geburtstagen überhaupt. Wenn ich zu einer Abendeinladung gehe, habe ich allerdings immer eine Mikrowelle im Gepäck – ungeheuer praktisch, falls man gezwungen ist, die Party früher als geplant zu verlassen. Man wird ja nicht jünger. Never!

Die Erdnussflipsstange

1988 war ich ein spätes Mädchen. Denn ich war schon zwölf und hatte noch nie geknutscht. Laut meinem Sandkastenfreund Georg lag das daran, dass ich noch nie mit einem Jungen geschwoft, also eng getanzt hatte. Um mich von der Bürde meiner Ungeknutschtheit zu befreien, wollte Georg eine Party im Hobbykeller organisieren. Dort sollte ich einen geeigneten Sparringspartner, also einen fremden Jungen aus Georgs neuer Klasse, finden, mit welchem ich das unbedingte Vorspiel, den Engtanz, vollziehen sollte, um dann, endlich, wohlverdient zu knutschen.

Superidee, oder?

Scheißidee, dachte ich.

Denn *erstens* kannte ich Georg. Georg, damals ebenfalls zwölf, galt als Experte: Er hatte schon eine feste Freundin mit richtigem Busen, den er auch schon mal angefasst haben sollte. Er war ein Sexmaniac, der nicht davor zurückschreckte, seine Wellensittiche in einen Kopfkissenbezug zu stecken, auf dass sie endlich anfingen zu kuscheln und Eier zu legen.

Zweitens kannte ich den Hobbykeller: muffig, zwanzig Meter im Quadrat und einen Meter fünfundachtzig hoch. Ich war schon damals einen Meter achtzig hoch.

Und *drittens* kannte ich die Geschichten der anderen Mädchen, die es schon mal getan hatten: Geschichten von üblem Mundgeruch, zermalmten Füßen, von Umarmungen bis zur Schmerzgrenze und sogar von Jungs, die bei so einem Tänzchen »steif« geworden waren. Was da stattfinden sollte, war in meinen Augen eine Neunzehn-Uhr-Orgie im Brutkasten.

Ich wollte schon gar nicht mehr knutschen, aber jetzt musste ich hin. Denn Georgs Mutter hatte mit meiner Mutter geredet. Die fanden das unheimlich süß, dass wir mal 'ne Fete steigen lassen wollten.

Zu meiner sexuellen Unreife kam, dass mich meine Mutter damals noch stilistisch beriet. Sie steckte mich in einen knatschbunten *Oilily*-Pullover, eine blumenbedruckte Jeans und hängte mir einen weißen Riesenkragen um, der aussah wie diese Papierdinger unter Schwarzwälder Kirschtorten. Sie gab mir noch eine Flasche Cola und eine Tüte Erdnussflips mit, dann schickte sie mich in den Abgrund – in den Hobbykeller.

Ich hatte nur das Schlimmste befürchtet. Zu Recht: Ich überragte alle anderen um mindestens einen Kopf, die Jungs um zwei Köpfe. Alle hatten ihre Garderobe selbst wählen dürfen und sahen cool aus. Außerdem hatte Georg keine Zeit verloren: Es war erst zehn nach sieben, und picklige Pärchenknubbel schoben sich zur Musik von *La Boom* durch den Raum.

Ich riss den weißen Kragen ab (denn Georg hatte damals schon Schwarzlicht) und flüchtete in eine dunkle Ecke. Ich war sicher, niemand hatte mich gesehen. Meine Mutter erwartete mich frühestens um 21 Uhr zurück. Ich wollte mich für zwei Stunden hier verstecken und Erdnussflips essen. Ich riss die Tüte auf – ein Fehler. Eine mal sehr hohe, mal etwas tiefere Stimme neben mir fragte:

»Hallo … möchtest du nicht tanzen?«

Mir wurde heiß. Sehr heiß. Ich sah Georg am anderen Ende des Raumes, der mir anfeuernde Blicke zuwarf und beide Daumen hochhielt. Ich wollte alles tun, nur nicht mit diesem Jungen tanzen. Ich fand die Rettung. Ich sagte einfach: »Nein, ich habe hier zu tun. Ich muss die Erdnussflips aneinanderkleben.«

Zur Demonstration nahm ich zwei Flips, biss ein winziges Stück ab, benetzte die Enden sorgsam mit meiner Spucke und klebte sie aneinander. Damit, dachte ich, würde ich den Tanzwütigen schon verscheuchen. Ich konnte nicht wissen, dass es sich bei ihm nicht um einen gewöhnlichen Zwölfjährigen handelte, sondern um einen dreizehnjährigen Perversling. Er sagte doch tatsächlich: »Oh, das ist interessant. Du hast echt Ideen. Ich kann auch nicht tanzen, ich bin steif.«

Mir stockte der Atem. Von solchen Fällen war mir noch nicht berichtet worden. Mir war bekannt, dass Jungs so etwas ab und an bei intensivem Körperkontakt passiert, sie dann hochrot werden und im Zweifelsfall den Raum verlassen. Besonders abgefeimte Partyluder machten sich angeblich einen Spaß daraus, Jungs erst *rot* zu machen und dann *laufen zu lassen*. Ich saß da im Dunklen mit einem Typen, der offensichtlich stolz darauf war, sich nicht unter Kontrolle zu haben. Er musste wahnsinnig sein – oder schon vierzehn.

Ich griff in die Flipstüte, stopfte mir eine Handvoll in den Mund, spuckte sie wieder aus und begann, kleine Tierchen aus dem Brei zu formen. Ich musste den Lustgreis irgendwie wegekeln. Der aber sagte: »Ich mach auch immer so was. Alle Mädchen, die ich kenne, finden das dann ekelig. Oder vielleicht mögen die mich nicht, weil ich immer steif bin …«

Ich spuckte den Rest der Flips in die Cola-Flasche, schüttelte die Flasche und hielt sie meinem Peiniger direkt vors Gesicht. Der Typ war wirklich krank.

Er sagte: »Oh, sieht aus wie Sea Monkeys. Du bist schon eine! Ich find' es toll, dass du so normal zu mir bist, obwohl ich seit einem halben Jahr schon so steif …«

»Ein halbes Jahr schon?«, schrie ich. Alles, was man mir über Jungs erzählt hatte, war also maßlos untertrieben gewesen. Vor lauter Entsetzen ließ ich die Flasche los, der ganze Brei landete auf meinem guten *Oilily*-Pullover; ich konnte nie wieder nach Hause gehen. Also heulte ich. Das endlich verstörte den geilen Bock.

»Du musst doch nicht weinen deswegen. Die Ärzte sagen, es verheilt alles gut. In acht Wochen bin ich das Stützkorsett wahrscheinlich los.«

Stützkorsett?! Ich vergaß zu heulen. Ich schaute mir den Lüstling genauer an. Er war ein ganz normaler Zwölfjähriger mit vier dicken Schrauben am Hals.

Und dadurch war er etwas steif. Ich wurde hochrot und wollte den Raum verlassen.

Der steife Junge hielt mich auf: »Hey, was ist mit deinen Flips? Soll ich dir nicht beim Zusammenkleben helfen?«

Na ja, es war erst acht Uhr, der Schlabber auf meinem Pulli musste trocknen. Sehr patent, wenn auch etwas steif, legte Sebastian Marowinsky ihn auf die Heizung. Mein T-Shirt war einigermaßen cool, ich musste nicht tanzen und fühlte mich eigentlich ganz super. Sebastian und ich leckten die Flips abwechselnd an und klebten sie zusammen. Bis halb elf hatten wir eine 1,40 m lange Flipsstange gebastelt.

Man kann wohl sagen, dass ich die einzige Zwölfjährige in der gesamten Nachbarschaft war, die Körperflüssigkeiten ausgetauscht hatte, ohne vorher lächerliche Tanzspielchen vollführt zu haben. Sebastian blieb übrigens noch vier Monate lang steif, denn bei dem Versuch, mir einen Abschiedskuss zu geben, hat er sich auch noch den vierten Halswirbel ausgerenkt.

Vielleicht sollte man in dem Alter besser nur im Sitzen knutschen.

Anschlussfehler

Wenn gar nichts mehr geht, kann man sich mit Männern auch noch unterhalten. Über Filme zum Beispiel. Bei öden, als Partys getarnten Veranstaltungen, umgeben von fremden Typen, von denen man sich normalerweise nichts mehr wünscht, als dass sie fremd bleiben.

Aber dann kommt er, der berühmte Augenblick nach dem achten Drink, wenn der Dame von Welt plötzlich glasklar bewusst wird, dass sie nicht mehr bei glasklarem Bewusstsein ist. Sie droht, nostalgisch und milde zu werden, verzeiht dem einen oder anderen Knaben schon seine misslungene Haarfrisur und verfällt für Bruchteile einer Sekunde der Idee, bei dem saudämlichen Gebrabbel, das die viehdummen Kerle so von sich geben, einfach mal nur auf die Melodie oder im schlimmsten Fall nur auf den Basslauf zu hören, um sich so überwinden zu können, einem oder zweien von den Jungs einen eindeutigen Blick zuzuwerfen, der besagt: »Komm, wir teilen uns ein Taxi. Du zahlst, ich fahr mit.«

Aber die Dame von Welt kann nicht jeden Schwachsinn einfach übervögeln, sie hat auch noch andere Projekte. Deswegen sagt sie einfach: »Und, Jungs? Hat jemand von euch *Fight Club* gesehen?«

Und schon stimmt die Herde der Jungbullen an, diesen großartigen Film in die Scheiße zu trampeln:

»Ich hab' ja sofort gewusst, dass der eine in Wirklichkeit auch der andere war.«

»Ich fand das mit der Seife so krass. Was war da noch mal?«

»Bei der Frau hätte ich ja 'ne andere genommen ... die Pämmella Anderson ... oder so eine halt, ne?«

Zu diesem Zeitpunkt hat sich die Dame von Welt bereits erhoben, ihren Mantel übergestreift und sich zur Wohnungstür bewegt. Halb hofft sie, halb fürchtet sie den Ausspruch zu hören, der den Todesstoß für sämtliche angedachten Paarungsversuche bedeutet. Und natürlich hört sie ihn doch noch, als sie schon fast im Treppenhaus ist:

»Habta gemerkt? Da war ein Anschlussfehler!«

Die Dame von Welt schafft es, sich nicht im, sondern noch vor dem Taxi zu erbrechen, fährt nach Hause und stellt fest, dass sie dort nicht mal mit sich selbst unkeusch werden mag, weil sie sich schmutzig fühlt. Schließlich ist eben noch durch ihre Ohröffnung Unrat in sie eingedrungen, der sich auf ihre Hand übertragen haben mag.

Anschlussfehler. Anschlussfehler. Anschlussfehler.

Menschen, die damit prahlen, dass sie in einem Film einen Anschlussfehler bemerkt haben, sind meist selbst

Anschlussfehler ihrer eigenen Eltern. Menschen, die so tun, als hätten sie den Anschlussfehler höchst selbst bemerkt, aber in Wirklichkeit im Internet oder per Videotext davon erfahren haben, sind unentdeckte Autisten.

Leute, die über Anschlussfehler in Filmen reden, haben nicht nur kein Leben, sondern auch keine Fantasie. Sie können sich nicht fallen lassen, weil sie gar nicht über Fallhöhe verfügen. Kleine Beamtenseelen, die sich große Hüte aufsetzen, wenn mal gefeiert wird, sich aber zu Weihnachten den Ziegenbart wieder abrasieren, weil Mutti sonst findet, der Junge sähe kriminell aus oder, schlimmer noch, ungepflegt. Neider, die sich nichts Verboteneres vorstellen können, als die Azubine beim Betriebsfest mal kurz auf dem Kopierer zu nageln, aber es nie tun, weswegen die Azubine trotzdem ein Flittchen ist, denn sie hat neulich, als das Geld für das Abschiedsgeschenk von Frau Müller gesammelt wurde, nur einen Euro gegeben, wo doch alle anderen zwei ... das geizige kleine Luder, das es wohl nur für Geld macht, die Schlampe ... Anschlussfehler.

Anschlussfehler haben Leute, die sich extra einen kleinen Kater kaufen, den sie in der engen Zwei-Zimmer-Wohnung halten und ihn trotzdem kastrieren lassen; doppelt gequält hält besser; der protzte ja auch so rum mit seinem Gestank, das potente Vieh; das hat er nun davon; warum ist der auch bei mir eingezogen, wo er nicht mal Miete zahlt ... *Anschlussfehler*.

Anschlussfehler haben die Leute, die auf die Frage, ob man sich bitte mal ganz schnell ihr Handy ausleihen könne, weil da Schwerverletzte im Graben lägen, mit »ungern« antworten.

Anschlussfehler haben auch die Menschen, die in ihrem Bumshotel in der DomRep nasse Füße bei einem Orkan bekommen haben und völlig fertig in die RTL-Kamera jaulen: »Wir wollten doch nur Urlaub machen …« Die ertrunkenen Eingeborenen in den Slums wollten da nicht mal leben, mussten sie aber, dummer Anschlussfehler aber auch. Die Leute, die ihre spielenden Kinder während des Tsunami gefilmt haben, die gibt es glücklicherweise kaum noch … kein *Anschlussfehler*.

Anschlussfehler haben diese Leute, die mit dem Auto zum Nordic Walken in den Park fahren. Die ihre Joghurtbecher in der Spülmaschine waschen, bevor die in den gelben Sack kommen. Die verschlissene, löchrige T-Shirts in die Kleidersammlung der Obdachlosenhilfe bringen, denn der Sommer kommt bestimmt, da hat man's gern mal luftig. Oder warum schlafen die sonst unter der Brücke?

Macht Gott Anschlussfehler? Jeden Tag, und sie vermehren sich ständig.

Lenny oder Der Mann
ihrer Träume

Bis ich vierzehn war, hatte ich nicht geglaubt, dass es auch mal von Vorteil sein könnte, eine ältere Schwester zu haben. Doch dann brachte sie mir etwas bei, was mir für den Rest meines Lebens von großem Nutzen sein sollte. Denn sie tat etwas, was eine Frau nie tun sollte: Sie brachte ihren ersten Freund mit nach Hause.

An jenem bewussten Sonntag bereute ich es ebenfalls erstmalig, in einem so aufgeklärten und offenen Haus wie dem unserer Eltern aufgewachsen zu sein. Wir befanden uns alle im Wohnzimmer, meine Eltern sahen fern, ich pubertierte dazu, und mein kleiner Bruder kinderte auf dem Boden herum.

Wir hörten, wie die Wohnungstür geöffnet wurde, und vernahmen zwei Stimmen aus der Diele. Eine klang beinahe männlich. Meine Eltern sahen sich bedeutungsvoll an. Meine Mutter reagierte blitzschnell und knotete ihren Bademantel zu. Mein Vater schaute hilfeheischend nach einem Oberhemd, ich hörte zur Abwechslung mal damit auf, mir meinen Unterarm mit Texten von *The Cure* vollzukritzeln. Selbst mein Bruder schien sich des Ernstes der Lage bewusst und stellte das Sabbern ein. Fremder Mann im Anmarsch. Erster Freund von großer Tochter. Vielleicht was Ernstes. Er sollte unsere Familie nicht gleich von ihrer lässigsten Seite kennen lernen.

Meine Schwester schien ihren Lover erst noch in der Diele zu instruieren, sodass meine Restfamilie geschlagene fünf Minuten angespannt und übertrieben aufrecht sitzend abwartete, dass der Mann präsentiert werden würde. Die Tür öffnete sich einen Spalt breit. Meine Schwester lugte ins Zimmer hinein. Hinter ihr wuselte auch etwas herum, etwas Lebendiges. Meine Schwester griff hinter sich, zog den Mensch hervor und sagte: »Das is' Lenny.«

Wir verharrten weiter in Erdmännchenmanier. Lenny war ein strähniger Pickel. Er hatte ein *Megdeath*-T-Shirt über seiner Hühnerbrust und Cowboystiefel an den Enden seiner O-Beine. Er hatte die unvermeidliche Steckdosen-Nase und wahrscheinlich auch das Mofa, das jeder erste Freund haben muss. Er war klein. Zu klein, als dass meine hünenhafte Familie ihn als »Mann« hätte deklarieren können. Bestenfalls als »Jungchen« würde er durchgehen, eher noch als »Lumpi«.

Mein Bruder brach endlich das Eis und hieß Lenny mit einem feuchten Furz willkommen. Meine Mutter versuchte, ihr Grinsen zu unterdrücken, und täuschte ein Lächeln vor.

»Lenny«, sagte sie schließlich, »kommt das von Leonard?«

Lenny, der schon fast wieder rückwärts durch den

Raum entwischt wäre, hätte meine Schwester ihm nicht den Weg versperrt, lächelte dankbar zurück: »Nee, ich komm' von Dortmund.«

Mein Vater stellte sich einfach schlafend, was nicht besonders überzeugend kam, da er immer noch aufrecht saß.

Lenny hätte jetzt eine gute Gelegenheit gehabt, zu verschwinden, denn meine Schwester war vor Scham im Erdboden versunken. Aber er, das Lenny, schien sich jetzt offenbar wohler zu fühlen. Er erinnerte sich sogar daran, dass es angebracht sei, jedem die Hand zu schütteln. Unglücklicherweise fing er bei meinem Bruder damit an. Wenn man nach all den Körperflüssigkeiten gegangen wäre, die mein Bruder ihm nun übergeben hatte, hätte Lenny spätestens jetzt zur Familie gehört.

Ich verspürte einen Anflug von Mitleid für die Anwesenden. Einmal für Lenny, der versuchte, sich unauffällig die Hand an seiner domestosgebleichten Jeans abzuwischen. Dann natürlich für meine Eltern, die sich die ganze Sache irgendwie anders vorgestellt hatten. Es kamen sogar solidarische Gedanken gegenüber meiner Schwester auf: Normalerweise war ich es, die undefinierbares Zeug mit nach Hause schleppte – wobei ich mittlerweile schlau genug war, dieses so schnell wie möglich und unauffällig in mein Zimmer zu schaffen.

Meine Schwester war indessen aus ihrer Erdspalte hervorgekrochen und gliemte in meine Richtung. Ihr Blick war schwer zu deuten. Entweder sollte ich dem Lenny lieb die Hand geben oder ihn erschlagen. Ich entschied mich für ein Mittelding und erwähnte intelligenterweise, dass ich die Schwester meiner Schwester sei. Lenny verprasste daraufhin seinen letzten Bonuspunkt bei mir, als er zur längsten Rede seines Aufenthalts anhob: »Ja, das dachte ich mir. Ihr seht euch sehr ähnlich. Ihr habt beide blaue Augen und blonde Haare. Aber deine Schwester hat den größeren … Mund. Dafür hast du die größere Nase.«

Lennys letzte Stunde. Ich sah meine Schwester mit Bedauern an. Ich konnte nichts mehr für Lenny tun. Ich gab ihm die Hand und brach ihm dabei den kleinen Finger. Er sah mich erstaunt an, irgendein Urinstinkt befahl ihm, nicht zu schreien.

Meine Mutter besann sich plötzlich darauf, irgendetwas Mütterliches zu tun, ganz egal, wer oder was ein Lenny war. Sie sprang auf, hechtete zur Tür und sagte: »Ich mach' mal Kaffee, was?«

Lenny sah sie an, als ob er seinen Faustkeil irgendwo verlegt hätte. Mein Vater schnaufte, nur mal so. Lenny sagte: »Gibt's auch Kuchen? Oder Kakao?«

Was meine Mutter dazu bewog, meine Vorstellung noch zu toppen: »Ach ja, ich bin die Waltraud. Waltraud Buddenkotte. Frau Buddenkotte, ja, die bin ich.«

Sie drückte Lennys Hand, ich vernahm ein erneutes Knirschen. Dann ging sie, um weg zu sein. Mein Vater schnaufte, öffnete dabei aber die Augen. Als Leitbulle des Clans musste er wohl das Allerdämlichste sagen, damit seine Autorität nicht ins Wanken geriet: »Ich bin der Mann der Frau. Der Vater von der Tochter. Von allen Kindern hier.«

Meine Schwester war wohl als Einzige gegen das *Ich-*

Lenny-du-hirntot-Syndrom gewappnet. Sie packte Lenny beim Schlafittchen und sprach einen guten Satz mit gutem Sinn: »Lenny und ich wollten noch woanders hin. Wir trinken dann demnächst mal Kaffee, nicht?«

Lenny grinste und winkte, während meine Schwester ihn abtransportierte.

Schade, meine Mutter hatte das Finale verpasst. Sie kam zurück ins Zimmer, stellte das Tablett auf den Tisch und sah meinen Vater an, mit dem Blick, wie nur Eltern ihn richtig gut draufhaben: bedeutungsschwanger, suchend, etwas leidend, aber irgendwie über den Dingen stehend. Dann bekam sie den heftigsten Lachanfall seit Menschengedenken. Mein Vater folgte ihrem Beispiel, mein Bruder giggelte grundlos mit. Ich vergaß meine mühsam antrainierte Düsternis und gackerte ebenfalls.

Meine Mutter hielt schließlich inne und fragte sinnierend in den Raum: »Das war nicht ihr Ernst, oder?«

Worauf mein Vater prustete: »Nee, das war ihr Lenny.«

Meine Eltern fielen sich kreischend in die Arme und rollten unter den Kaffeetisch.

Langsam wurde mir etwas unwohl. Was meine Eltern da vollführten, war kein Ausdruck der Heiterkeit mehr. Es war das Lachen der Verzweifelten. Nicht dass ich scharf darauf war, den oder das Lenny in unser Familienleben zu integrieren, aber von meinen Eltern hätte ich erwartet, dass sie so etwas wie Haltung oder zumindest Gleichmut zeigen würden. Im vorwurfsvollen Ton, wie man ihn nur mit vierzehn gegenüber seinen

Ernährern draufhat, ermahnte ich dieselben: »Was habt ihr denn erwartet? 'nen fertigen Anwalt mit Reihenhäuschen? Ihr seid solche Snobs. Snobs im Bademantel auch noch.«

Ja, im Klugscheißen und Anprangern war ich schon immer gut. Meine Eltern besannen sich ihrer Vorbildfunktion. Sie rollten wieder unter dem Tisch hervor und sahen mich reichlich beschämt an. Meine Mutter runzelte die Stirn.

»Tochter, ich hasse diesen rechthaberischen Ton an dir, besonders, wenn du Recht hast. Ich muss jetzt mit deinem Vater allein reden – geh dir doch die Haare färben oder so, ja?«

Na klar, wenn Eltern mal wirklich Spannendes bereden wollen, wird man rausgeschmissen.

Ich lauschte noch eine Weile an der Tür. Ich verstand kein Wort, aber zumindest klang ihr Raunen ziemlich schuldbewusst. Ich hatte die Badewanne erst letzte Woche mit Farbe vollgesaut, also beschloss ich, meine Schwester zu suchen. Ich musste sie davon abhalten, mit dem Lenny-Ding durchzubrennen. Sosehr sie mich auch manchmal nervte und obwohl ich unter diesen Umständen wohl auch ihren Hamster erben würde – ohne sie würde es wohl ziemlich öde hier werden.

Ich fand sie ziemlich schnell – in der Speisekammer, wo man durch einen Luftschacht dem Gespräch unserer Eltern wesentlich besser lauschen konnte. Lenny war schon gegangen, er wollte noch an seinem Moped basteln. Sie wirkte nicht annähernd so traumatisiert, wie ich erwartet hatte. Sie lächelte mich sogar an.

»Na, das war wohl nix, was?«, bemerkte sie nüchtern. Ich setzte mich neben sie.

»Na ja«, hob ich an, »für Mama und Papa ist das halt auch … gewöhnungsbedürftig. Bist du gar nicht traurig, dass Lenny gegangen ist?«

Ich hatte mir ein bisschen mehr Drama erhofft.

»Och«, sagte meine Schwester, »das war eh nur so eine Art Test. Eigentlich bin ich ja in Dirk verliebt. Aber der ist schon dreiundzwanzig und hat ein richtiges Motorrad. Der ist auch tätowiert und so. Ich dachte, bevor ich den hier anschleppe, versuch ich's erst mal mit Lenny und gucke, was passiert.«

In diesem Moment bewunderte ich meine Schwester zutiefst. Welche Weitsicht, welche Raffinesse. Vielleicht waren wir doch Schwestern im Geiste. Wie die allerbesten Freundinnen saßen wir auf der Kühltruhe, hörten, wie sich unsere Eltern ehrlich zerknirscht gegenseitig schworen, jedem Wesen, dass ihre Töchter durch die Tür führten, mit Wohlwollen und wenigstens geheucheltem Interesse zu begegnen. Sie wollten uns mehr Freiheiten und Entfaltungsmöglichkeiten lassen. Das hörte sich doch gut an. Meine Schwester zauberte eine Flasche Amaretto hervor und ließ mich zuerst daraus trinken. Dieser Tag war voller Überraschungen und Offenbarungen. Im Gegenzug zeigte ich meiner Schwester, wie man durch unser Zimmerfenster Dinge ins Haus schmuggelte, die elterlichen Augen zunächst besser verborgen blieben.

Als Dirk drei Monate später unser Haus erstmalig durch die Tür betrat, waren meine Eltern cool wie

Streetworker. Vielleicht übertrieben sie es etwas, denn mein Vater wollte plötzlich unbedingt mit ihm Motorrad fahren, und meine Mutter fragte Dirk offenherzig nach einer geeigneten Körperstelle für ein Tattoo, aber das ist eine andere Geschichte und soll ein anderes Mal erzählt werden.

Damenoberbekleidung

Ich weiß, warum ich nicht mehr raus in die feindliche Welt gehe. Ich habe nichts zum Anziehen. Ich meine jetzt nicht nur wegen des Wetters, sondern ich besitze an und für sich weder *Street Basics* noch *Büroschick*.

Mein Kleiderfundus besteht nur aus den beiden anderen Kategorien, nämlich *Fummel* und *Leisure Wear*. Letztere sind meist Werbegeschenk-T-Shirts mit hanebüchenen Aufdrucken, Erstere eher die Kleidchen, die man sich ohne anzuprobieren kauft und denkt: »Notfalls kannste es ja noch als Nachthemd anziehen.« Auf diese Weise ist auch eine beachtliche Schnittmenge der beiden Kategorien entstanden, sozusagen *Leisure-Fummel*. So gibt es durchaus Nächte, in denen ich wie eine Königin zu Bett gehe. Vielleicht nicht wie die Königin von Saba, aber wie die Königin der Hummeln oder so. Die Sachen, die ich auf der Straße trage, habe ich entweder offiziell geerbt oder irgendjemand hat sie mal bei mir liegen gelassen.

Ich möchte aber betonen, dass es nicht aus meinem Mangel an Stilbewusstsein herrührt, dass ich ab und an wie Karl Arsch rumlaufe, sondern dass die Schuld bei den Personen liegt, die mir über die Jahre hinweg deutlich zu verstehen gegeben haben, dass ich körperlich nicht der menschlichen Gattung zuzurechnen bin: Einzelhandelsverkäuferinnen im Bereich Damenoberbekleidung. Und genau wie Klamotten lassen sich auch die Weibchen, die die Textilien feilbieten, schön in Gruppen aufteilen.

Die einen sind die *Hilfsbereiten.*

Auf sie traf ich schon im frühen Alter, als ich das letzte Mal mit Mammi shoppen ging. Sie nehmen ihren Job sehr ernst, heißen Frau Terges, finden schöne Worte für pubertäre Verwachsungen und reißen abwechselnd mit Mammi die Kabinentür auf, um nach dem Rechten zu sehen oder noch mal eine Größe »drüber« reinzureichen. In den Kabinen dieser Geschäfte befinden sich keine Spiegel. Da muss man dann raus. Zu Mammi und Frau Terges, die über dich reden, als seiest du eine Pflanze. Das geht dann so …

Mammi: »Zieh das doch mal richtig an.«

Frau Terges: »Das ist jetzt schon L, sie hat halt eine starke Mitte … Ist der Vater auch so gebaut?«

Mammi: »Zieh das doch mal richtig an.«

Frau Terges (nähertretend): »Sieht auch schön aus, wenn man das an den Ärmeln so aufschoppt.«

Mammi: »Genau, zieh das doch mal richtig an.«

Frau Terges: »Da haben wir jetzt ganz schöne Hosen zu reingekriegt, ich weiß aber nicht, ob wir die noch in der Größe da haben … die jungen Dinger sind aber auch kräftig gebaut heutzutage.«

Mammi: »Zieh das doch mal …«

Und so weiter.

Irgendwann hat auch die liebevollste Mutter keinen Bock mehr, mit einer Tochter in die Stadt zu gehen, die unfähig ist, vorne von hinten und Umkrempeln von dem beliebten »Aufschoppen« zu unterscheiden.

Ich dachte noch, es sei ein guter Tag, an dem ich statt Taschengeld nun »Bekleidungsgeld« bekam. Endlich dreizehn und erwachsen, sollte ich für fünfzig Mark im Monat einen eigenen Modegeschmack finanzieren. Nichts leichter als das, dachte ich.

An diesem Tag ging ich in den total angesagten Secondhandladen mit dem total coolen Namen »Kaufrausch«. Bis dahin wusste ich nicht, dass man die Schwellen solcher Schuppen nur dann übertritt, wenn man ganz und gar in der eigenen Retrokollektion dieses Ladens eingekleidet ist. Wenn man diesem ungeschriebenen Gesetz nämlich nicht folgt, geschieht es, dass man dem ganzen widerlichen Wesen der zweiten Sorte von Verkäuferin ausgeliefert wird: der *Szeneprinzessin*.

Die Szeneprinzessin ist um die zwanzig, aber schon sehr reif, um nicht zu sagen faltig für ihr Alter. Sie studiert eigentlich romanische Sprachen und jobbt nur für die Kohle, um aus diesem unerträglichen Kaff endlich wieder ab nach Formentera zu düsen, »da sind die Leute einfach freundlicher, eine ganz andere Mentalität haben die«.

Es gelingt der Szeneprinzessin nur selten, diese freundliche Mentalität mit nach Hause zu nehmen. Sie sitzt da und raucht, trinkt Milchkaffe aus einer dreckigen Metalltasse und befiehlt ihrem gelangweilten Labrador, von den Kunden wegzubleiben, die sind nämlich »pfui«. Wenn jemand in den Laden kommt, der nicht ihr Musikerfreund ist, dem sie stundenlang von ihrem Elend erzählen kann, lupft sie höchstens mal eine Augenbraue, um dann so zu tun, als ob sie in einem wirklich erbaulichen Buch läse.

Und obwohl diese Frau ein absolut unerträgliches Biest ist, beten alle Vierzehnjährigen der Stadt sie an wie eine Göttin. Wenn das Szeneprinzesschen mal etwas anderes zu ihnen sagt als »Hängste das bitte wieder richtig auf«, ist der Tag gerettet. Wenn die Prinzessin beispielsweise einen wirklich anerkennenden Satz spricht wie etwa: »Sitzt doch ganz gut am Arsch, ich würde die nehmen«, hat man es geschafft.

Ich konnte es nicht schaffen. Ich hatte es mir mit der ortsansässigen Prinzessin gleich am ersten Tag verscherzt; eine ganz dumme Sache war das gewesen. Ich nahm eine echt tolle Jeans mit in die Kabine, toll deshalb, weil die Prinzessin das gleiche Modell trug. Und weil das alles schon total aufregend war, nahm ich die Hose auch gleich in ihrer Größe – nicht in meiner. So erbaulich kann ihr Buch an dem Tage nicht gewesen sein, denn sie hörte, wie es ratsch machte, stürmte in die Kabine und kreischte: »Biste bescheuert, oder was? Die Hose ist aus Amerika importiert, die haben die da extra so cool kaputt gemacht. Und du hast sie jetzt … uncool kaputt gemacht! Ich bekomme 140 Mark von dir!« Ich gab ihr kleinlaut das Geld und ging mit meinen Jeansstreifen nach Hause.

Mein Quartalsbudget war aufgebraucht, also lief ich den ganzen Winter lang in einem langen Parka aus der Altkleidersammlung herum. Im Sommer trennte ich einfach das Futter heraus.

Seitdem mache ich mir nicht mehr viel aus Klamotten. Ab und zu gehe ich in einen Secondhandladen, um die Prinzessinnen zu schocken: Ich stelle mich in die Kabine und ratsche am Klettverschluss meines Rucksacks herum. Das Geräusch macht sie immer noch fertig. Neulich hat eine beim Aufspringen ihren Milchkaffee umgeworfen. Direkt auf ihre blöde Jeans. Das war ein schöner Tag.

Mein alter Drachen

Manchmal bin ich neidisch auf meinen Freund. Mein Freund nennt seine Oma »die Nana«, und die Nana ist trotz ihres Alters und ihrer hundert Kilo auf hundertsechzig Zentimetern ein höchst agiles Persönchen. Sie redet die ganze Zeit serbisch und klopft mir dabei nach jedem Satz bekräftigend und breit grinsend auf den Oberschenkel. Ich stimme ihr immer zu, und sie freut sich darüber. Die Nana und ich, wir verstehen uns prächtig.

Meine eigene Oma, die Mutter meines Vaters, hieß bei uns zu Hause nur »die alte Dame«. Ich habe sie nie mehr als zehn Meter am Stück gehen sehen, und unser Verhältnis war ein bisschen gestört, weil sie deutsch sprach und ich auch.

Zwischen mir und der alten Dame lief alles genau bis zu dem Tag gut, an dem ich geboren wurde. Sie hatte einen Jungen erwartet, den sie Rudolf zu nennen gedachte. An meinem dritten Lebenstag machte sie sich trotzdem zum Krankenhaus auf, um meiner Mutter ihre Aufwartung zu machen. Sie kam mit einem Strauß Nelken, den einzigen Blumen, die meine Mutter verabscheut, und sagte zu ihr: »Mach dir keine Sorgen, Waltraud, ich habe die Karten befragt. Du bekommst noch einen kleinen Stammhalter, wart's ab!«

Meine Mutter war so sauer, dass sie sich fünf Jahre lang extrem zusammenriss, bevor sie meinen Bruder gebar. Zu ihrem Ärger genau an dem Termin, den die alte Dame aus den Karten vorhergesehen hatte.

Meine Oma begrüßte mich stets mit den Worten: »Na ja, wo sie schon mal da ist …« und lehrte mich dann Dinge, die sie für wichtig hielt. Den Buchstaben »R« zum Beispiel. Denn unsere alte Dame hat es nie verwunden, dass mein Vater lange Zeit massive Probleme mit diesem Konsonanten hatte. Bei seiner Einschulung hatte die alte Dame den Familienbeinamen »derer zu Erbdroste« schweren Herzens aufgegeben, um meinen Vater vor Hänseleien zu schützen. Er hatte schließlich schon genug mit seinem Vornamen Werner zu erleiden.

Ich versuchte mich bei meiner Oma einzuschleimen, indem ich sehr früh sprechen lernte: »Rallo, Omarr Rrruth, Frrrau Errrbdrooste von Buddenkrrrrotte«. Meine Eltern brauchten Jahre, um mich zu entnazifizieren.

Aber meine alte Dame begann, mich irgendwie zu mögen. Sie förderte mein Sprachtalent. Mit sieben wurde ich zum zwölfjährigen Zwangsscrabbeln verpflichtet. Mit meiner Oma zu scrabbeln war alles andere als ein Kinderspiel. Ich spielte gegen sie, meine Großtante Friedel und die Sanduhr. Es gab einen Duden, ein lateinisches Lexikon und zwei Wassergläser auf dem Tisch. Wenn es den alten Damen nicht schnell genug ging, wurden sie nervös. Dann legten sie ihre Gebisse in die Gläser. Wenn die Diskussion allzu hitzig wurde, legte meine Großtante auch noch ihre Perücke dazu. Ich lernte, diplomatisch zu werden. Lieber das Wort »Quyxmalz« gelten lassen, als Tante Friedels Glatze zu sehen. Ich verlor jedes Mal, woraufhin meine alte Dame zu sagen pflegte: »Na ja, vielleicht erbt das Mädchen wenigstens mein gutes Aussehen und findet einen Mann.«

Meine Oma hielt sich immer noch für höllisch attraktiv, was wohl daran lag, dass sie zum Vergleich nur Tante Friedel hatte.

Als ich dreizehn wurde, war immerhin klar, dass ich ihre Nase geerbt hatte. Die alte Dame machte sich große Sorgen, wie sie mich verheiraten könnte. Ich konnte ja nicht mal stricken.

Meine Mutter machte meine Oma darauf aufmerksam, dass es meiner psychischen Entwicklung nicht unbedingt förderlich war, wenn diese mich immer »den Hammerhai« nannte. Meine Oma sah das schweren Herzens ein, nannte mich fortan »Rübennase« und brach sich drei Jahre später den Arm, natürlich beim Scrabbeln.

Ich besuchte sie einmal im Krankenhaus, weil ich hoffte, ihre Bewegungsunfähigkeit würde sie milde stimmen. Ich brachte ihr sogar einen Strauß Nelken mit.

»Na, Rübennase, immer noch keinen Freund?«, begrüßte sie mich.

Ich stellte die Nelken in ihr Wasserglas und sagte: »Nein, Oma.«

Sie seufzte unendlich enttäuscht. Dann bat sie mich, nach dem Zivi zu schellen.

»Was brauchst du denn, Oma? Kann ich dir nicht helfen?«

»Nein, Rübennase, heute werde ich dir helfen!«

Ich klingelte. Ein 18-jähriger Zopfträger kam hereingeschlurft und grinste meine Oma an: »Was kann ich für Sie tun, Frau Buddenkotte?«

Meine Oma zog drohend eine Augenbraue hoch.

»Entschuldigung, Frau Buddenkotte derer zu Erbdroste.«

Meine Oma nickte zufrieden. Dann zeigte sie mit dem eingegipsten Arm auf mich: »Herr Andi, das ist meine Enkelin.«

Der Zivi Herr Andi sah mich an, ich sah weg.

»Schön, und?«

Meine Oma strahlte. Der Herr Andi kannte meine Oma erst seit drei Tagen, also versäumte er es, sich in Sicherheit zu bringen. Ich war bewegungsunfähig. Meine Oma nutzte die Gelegenheit.

»Schön, genau, schön. Wie findest du denn den Herrn Andi, Kathrinchen?«

Ich war damit beschäftigt, die Pillen vom Nachttisch wahllos in mich reinzustopfen und auf ein baldiges Ableben zu hoffen, deswegen schluckte ich nur dumpf. Meine Oma rollte ungeduldig mit den Augen.

»Herr Andi, drehen Sie sich doch mal ein bisschen, ja?«

Herr Andi zuckte mit den Schultern, aber er drehte sich ein bisschen für meine Oma. Ich wollte und wollte nicht tot umfallen, nicht einmal ein wenig ersticken. Meine Oma winkte dem Herrn Andi huldvoll zu: »Sie können gehen Herr Andi, danke.«

Herr Andi ging, ich kotzte auf die Nelken. Meine Oma missinterpretierte mein Verhalten:

»Ja, ich weiß, er ist nicht der Hellste, aber 'nen besseren findest du hier nicht. Soll ich ihn noch mal reinrufen?«

Sie tastete nach der Klingel, ich riss sie aus der Wand. Ich war so fertig mit den Nerven, dass ich es zum ersten und letzten Mal wagte, meiner Oma Kontra zu geben: »Lieb gemeint von dir, Oma, aber ich glaube, ich muss jetzt wirklich gehen.«

Auf dem Gang kam mir der Herr Andi entgegen. Ich wollte wegrennen, aber er verstellte mir geschickt mit einem Bett den Weg.

»Äh ... Kathrinchen? Ich wollte dir nur sagen, dass es schlimmere alte Leute gibt als deine Oma.«

Ich schüttelte den Kopf, langsam aber nachdrücklich.

Herr Andi ließ sich nicht beirren: »Doch, sie hält wirklich große Stücke auf dich. Ich meine, sie redet im Schlaf von dir. Sie lächelt dann so entrückt und sagt: *Gut, dass mein Mädchen kein Rudolf geworden ist.*«

Ich war sprachlos. Herr Andi kratzte sich am Kopf.

»Das finde ich übrigens auch schön. Dass du kein Rudolf geworden bist, meine ich.«

Ich guckte den Herrn Andi an und wusste nicht, was ich sagen sollte. Wahrscheinlich etwas Nettes. Leider kannte ich mich damit nicht so gut aus, versuchte es trotzdem: »Deine Drehung war aber auch ziemlich gut, Herr Andi.«

Der Herr Andi sah mich fassungslos an, dann ließ er mich passieren.

Vor den Pforten des Krankenhauses, den Fängen des Herrn Andi entkommen, dachte ich an meine Oma – und fand sie plötzlich gar nicht mehr so schlimm. Vielleicht lag es an den vielen bunten Tabletten, die noch in meiner Blutbahn kreisten, aber irgendwie war ich froh, dass meine Oma meine Oma war, die mir rechtzeitig beigebracht hatte, wie man sich langhaarige Schluffis in viel zu engen weißen Hosen vom Leib hält.

Zu Kreuze gekrochen

Meine Eltern sind sehr früh aus ihrer jeweiligen Kirche ausgetreten, beide aus völlig unterschiedlichen Gründen. Mein Vater las kurz vor seiner Konfirmation die Bibel durch, befand einige Stellen für interessant und kurzweilig, ließ aber anschließend den Pfarrer wissen, dass ihm die Sache mit Gott dann doch zu weit ginge. Schließlich wollte er schon immer Lehrer werden, und die glauben nicht, die wissen besser. Man entließ meinen Vater daraufhin relativ unkompliziert aus seiner Gemeinde.

Meine Mutter hingegen hatte ihre Probleme mit dem stellvertretenden Management. Sie konnte nicht auf den Papst, den sie als ihren persönlichen Erzfeind betrachtete, wenn es um ihr Lieblingsthema ging: die Verhütung schlimmer Krankheiten und noch schlimmerer Kinder.

Was macht also das Kind dieser Eltern, wenn es merkt, dass es Zeit wird, Grenzen auszutesten und seine eigene Persönlichkeit zu entwickeln? Was tut so eine Achtjährige, die den wunden Punkt ihrer Ahnen entdeckt hat und daraus ihren Vorteil ziehen will? Genau, sie fragt beim Abendessen, fast beiläufig und in unschuldigem Ton: »Könnten wir nicht vorher mal beten?«

Und sieht dann mit unverhohlener Freude zu, wie ihre Eltern in die Pasta speien.

»Kind, für wen willst du denn beten?«, fragte mich meine Mutter misstrauisch, als sie sich von ihrem Schluckauf erholt hatte.

»Und vor allem an wen?«, erkundigte sich mein Vater mit seltener Strenge im Ton.

Ich beschloss, ihnen nun die volle christliche Breitseite zu geben.

»Ich möchte dem Herrn Jesulein danken für das schöne Mahl und ihn bitten, auch etwas Bolognese für die armen Kinder in Äthiopien zu zaubern.«

Mein Vater blieb relativ gelassen: »Solche Bolognese kann nur dein Papa zaubern, also iss, solange noch da ist.«

Meine Mutter nahm die Warnsignale ernster. Sie suspendierte mich am nächsten Tag vom Religionsunterricht, als erstes Kind einer Münsteraner Grundschule überhaupt. Das stachelte mich natürlich noch mehr an, aber ich arbeitete zunächst im Untergrund weiter an meinen Plänen. Weihnachten 1986 ließ ich die erste Bombe platzen: Ich gewann das Bibelquiz der Jugendgemeinde Apostelkirche, der Pfarrer teilte meinen Eltern persönlich seine Glückwünsche mit.

Von da an änderte meine Mutter ihre Taktik. Sie zeigte mir ein Bild von Helmut Kohl.

»Das ist der Chef von der CDU, dem Verein, den

deine Eltern noch weniger mögen als Bayern München. Möchtest du mit dem unter einer Decke stecken?«

Der grausame Anblick fror meinen Drang nach Mission für einen kurzen Moment ein. Dann aber kam ich auf eine neue, bahnbrechende Idee: Ich würde das Christentum reformieren, indem ich ganz einfach genau wie Jesus würde. Nachdem ich noch einmal das neue Testament nach durchführbaren Wundern durchforstet hatte, entschied ich mich für ein Potpourri seiner größten Erfolge, die ich im elterlichen Wohnzimmer nachzuspielen gedachte.

Der Coup war perfekt geplant, aber irgendwo musste eine undichte Stelle gewesen sein. Ich vermute, dass mein damals vierjähriger Bruder, den ich als Komplizen angeheuert hatte, den Mund nicht hatte halten können, konnte ihn aber nie überführen.

Denn als meine Eltern am Tag X das Wohnzimmer betraten, verloren sie gar nicht so schön den Verstand, wie ich es mir ausgemalt hatte. Sie setzten sich ganz cool auf die Couch neben die Aussätzigen und Siechenden, die ich mit ein paar Tetrapacks Aldi-Rotwein aus dem Stadtpark gelockt hatte.

Meine Eltern schienen überhaupt keine Notiz von den mit Wasser und Muttis *Chanel Nummer 5* gefüllten Putzeimern zu nehmen, die ich aufgestellt hatte, um im Verlaufe des Nachmittags unseren beiden Stadtpennern Erwin und Stucki die Füße zu salben.

Mein Vater steckte sich ganz ruhig eine Zigarette an und sagte trocken: »Hast du keine Zöllner finden können? Und mit dem einen oder anderen gefallenen Mädchen wäre die Party etwas stimmungsvoller, meinst du nicht?«

Erwin und Stucki brummten zustimmend. Sie sollten mich verraten, ehe der Hahn dreimal krähte.

Meine Mutter köderte die beiden mit dem ältesten, heidnischsten Trick der Welt: »Also, was wollt ihr lieber? Ein heißes Bad oder zwanzig Mark zum Saufen?«

Erwin und Stucki diskutierten nicht lange, bedankten sich bei meinen Eltern für die Gastfreundschaft und schlurften zurück in Richtung Park. Meine Segnungen verhallten im Hausflur.

Dann endlich sprach meine Mutter aus, was seit Jahren der eigentliche Hintergrund unserer interfamiliären Glaubenskriege war und mich zur sofortigen und endgültigen Aufgabe meines Kreuzzuges bewegte: »Tochter, egal, was du als Nächstes anstellst, und wenn du damit drohst, zu den Zeugen Jehovas überzulaufen, ob du ins Kloster gehen willst oder dich von Jürgen Fliege taufen lässt – wir werden kein schlechtes Gewissen bekommen und dir deswegen einen Hund schenken. Vergiss es!«

Mist, sie hatten mich durchschaut. Blut ist einfach dicker als Weihwasser und wird es immer bleiben.

Unamerikanisch

Viele Verlage lehnten meinen Roman ab. Manche grundsätzlich, andere, weil er nicht ins Programm passte, wieder andere, weil er zu gut ins Programm gepasst hätte. Nur ein Verlag empfahl sich mit einer wirklich lustigen Ablehnungsbegründung: zu unamerikanisch.

Wie konnte das denn passieren? Liegt es an meiner alten europäischen Nase oder dass ich es gewagt hatte, mein Buch auf Deutsch zu verfassen, weil ich annahm, ein in diesem Land beheimateter Verlag würde das positiv auffassen? Hatte ich mich damit zu sehr eingeschleimt? Hatte ich es versäumt, Chewing-Gum zwischen die einzelnen Seiten zu kleben und den Lektor zum Lunch auf meine Ranch einzuladen?

Ich schrieb dem Verlag zurück, dass Michael Moore schließlich auch gerne als unamerikanisch bezeichnet wurde und ein Blick auf dessen Verkaufszahlen gewissen Leuten im Lektorat vielleicht mal auf die Sprünge helfen könnte. Der Verlag ignorierte das. Vielleicht hätte ich mir bei meinem Schreiben die Grußformel »Ich bin halt nicht Karl May, Ihr Imperialisten!«, einfach verkneifen sollen.

Seitdem hocke ich unverstanden und unamerikanisch in meinem Zimmer herum. Aber verzage ich? Oh
nein. Wenn ihr mir einen Stempel aufdrücken wollt,
halte ich auch noch den zweiten Handrücken hin, set-
ze mich an meine verstaubte, mechanische Schreib-
maschine und gebe euch Saures. Ach was, Saures. Ich
gebe euch Unverdauliches, Verstörendes, ich gebe euch
den geballten Hass des alten Europas, ich gebe euch:

Meinen ultimativen französischen Autorenfilm

Ein Exposé

Arbeitstitel: »Die Nacht mit Cathérine oder
der Schrei der bretonischen Möwe«

Szene 1

Ein Mädchen, Minouche, zündet sich lasziv und gleichzeitig ungemein unschuldig eine Filterzigarette an.
Zoom auf die Fluppe. Es ist eine Gitanes. Das Mädchen,
Minouche, führt sie zu ihren Lippen. Die Zigarette,
Symbol des ewig seligmachenden Konsums, scheint in
dem riesigen, sinnlichen Mund des Mädchens zu verschwinden. Eros ringt mit Mammon, minutenlang.
Schließlich besinnt sich Minouche und zieht an der Kippe, anstatt sie zu essen. Wir spüren Unbehagen, wenn
auch subtiles. Schließlich brennt die Kippe nieder, aber
auch das Mädchen, Minouche, verschwindet in ihrem
Rauch. Es gibt keine Gewinner.

Szene 2

Rémy raucht auch. Er hat einen Vaterkomplex. Er ist reich und wütend, was wir auf den ersten Blick an seiner Scheißfrisur erkennen. Er zerknüllt einen Zettel in seiner Hand; wir werden nie erfahren, welche Botschaft der Zettel enthielt oder ob überhaupt.

Cathérine Deneuve betritt das Zimmer. Es kommt zum Dialog:

Rémy: »Maman?«
Cathérine: »Ja, Rémy?«

Rémy sinkt in Cathérine Deneuves Schoß zusammen, sie streichelt ihm über den Kopf, Sitz der Seele. Als Rémy aufsteht, sieht seine Frisur noch beschissener aus. Es kommt zur Auseinandersetzung.

Rémy: »Maman. Es ist wegen Papaaaaa.«
Cathérine: »Ich will nicht, dass du so über ihn
  redest. Schließlich ist er dein Vater.«

Cathérine gibt Rémy eine schallende Ohrfeige, um das Gesagte zu Untermauern. Rémy verlässt das Zimmer in Agonie.

Eine Möwe schreit, mitten in Paris.

Cathérine wirft sich auf das Bett ihres Sohnes, weint bitterlich, besinnt sich, raucht eine und bringt ihre Frisur in Ordnung. Die Abnabelung *scheint* vollendet.

Szene 3

Die Handlungsstränge verknüpfen sich. Gérard Depardieu sitzt in einer Kneipe und raucht. Vanessa Paradis, die sich nun endlich erfolgreich von ihrem Lolita-Image losgesagt hat, betritt das Lokal in hautengen Leder-Hotpants und setzt sich auf Depardieus Schoß. Isabelle Huppert spielt Cello dazu, bis es dem Wirt, dargestellt von Jean Reno, zu bunt wird.

Wirt: »Es reicht, Solange. Es reicht!«

Isabelle Huppert bläst sich eine Haarsträhne aus dem Gesicht, lacht irre und gackert.

Isabelle: »Es reicht. Jérôme, du hast Recht. Es
    reicht, es reicht.«

Zoom auf Gérard Depardieus Brusthaar, was eine völlig neue Ebene in den Film bringt.

Szene 4

Die Straße ist in ein apokalyptisches Blau getaucht. Rémy überfährt eine Taube und weiß endlich, was er noch vom Leben will. Er will ans Meer, Möwen überfahren.
    Minouche taucht auf. Rémy ist ein anderer geworden. Es kommt zur Schlüsselszene.

Minouche: »Hast du eine Zigarette?«
Rémy: »Ich will ans Meer.«

Minouche: »Scheiße. Ich hasse euch alle.
Scheißkerle.«
Rémy: »Ich habe mich verliebt. Es ist so kalt.«

Minouche erzittert. Rémy gibt ihr eine Kippe. Wortlos
rauchen beide. Ein Clochard (eindringlich verkörpert
von Hardy Krüger junior) kratzt die zerfetzte Taube
(erstaunlich androgyn in dieser Rolle: Romy Schneider) von der Straße, hält sie in den Armen, weint wie
ein Kind. Paris ist ein Moloch.

Szene 5

Das Meer. Es wellt sich. Eine tote Möwe liegt am Strand.
Es gibt nichts mehr für Rémy zu tun. Minouche raucht.
Aus einem weißen Citroën steigt Alain Delon. Er will
Rémy umarmen, dieser wehrt ihn ab. Der alles auf-
lösende Dialog folgt.

Alain: »Rémy, mein Sohn. Es gibt nichts mehr,
was uns hier noch hält. Komm mit.«
Rémy: »Papa, ich will ein Eis.«

Alain Delon wird von väterlicher Wärme überströmt.
Er nimmt Minouche und Rémy an der Hand, die drei
gehen zum Büdchen. Die Bobby-Cars der beiden Kinder bleiben verlassen am Strand zurück. Eine Möwe
schreit. Sie ist lebendig.

Versuch's mal mit Gemütlichkeit

Wieder einmal habe ich einen Trend gestartet, und wieder einmal kann ich ihn nicht zu Geld machen. Aber dieses Mal ist es das ganz große Ding. Die Idee dazu kam mir beim Nichtstun. Und genau das ist auch der Kern der Sache. Allerdings habe ich den Namen markentechnisch etwas aufgewertet. Mein neuer Trend heißt GAF – kurz für Größte Anzunehmende Faulheit; die Verlaufsform dazu wird Gaffing heißen. Bevor mir jetzt wieder aufgeregte Teenager und Berufsjugendliche die Tür einrennen, um mich zu fragen, was genau sie tun müssen, um Weltklasse-Gaffer zu werden, sage ich es lieber gleich: Tut so wenig wie möglich. Eine gewisse Grundlethargie ist ein guter Ansatz, aber keine Voraussetzung.

Selbstverständlich könnte ich ein Seminar in Power-Gaffing anbieten, aber das widerspricht den vier Grundprinzipien dieses Lifestyles, welche da lauten:

1. Verschwende nicht deine Energie. Kalorien sind kostbar!
2. Wenn du eine gute Idee hast, behalte sie für dich.
3. Warum nur sitzen, wenn du liegen kannst?
4. Schon vergessen.

Einfache Anfangsübungen, die jeder zu Hause oder im Büro nachvollziehen kann, sind zum Beispiel folgende:

Stufe 1

Als leichtes Warm-up empfehle ich ständiges Gähnen – bei Besprechungen, bei den Mahlzeiten, beim Sport und während des Liebesspiels. Animieren Sie Ihre Umgebung, indem Sie etwa möglichst desillusioniert sagen: »Das bringt doch eh nix« oder »Haben wir das nicht gestern schon gemacht?« Sie werden sehen: Sobald Ihnen Ihre Stellung oder Ihre Beziehung gekündigt worden ist, ist Ihr Geist frei für die nächste Stufe:

Stufe 2

Legen Sie sich in einen möglichst engen, stickigen Raum. Falls sich die sanitären Anlagen zu weit von Ihrer Liegestätte befinden sollten, empfehle ich das Revival eines alten Klassikers: dem Nachttopf. Anfangs können sie das Fernsehgerät zu Hilfe nehmen. Ein echter Gaffer allerdings schaut auf solche Poser verächtlich hinab. Immer wieder gibt es ja Menschen, die behaupten, gerade gar nichts zu tun, dabei aber klammheimlich fernsehen oder sogar Hausarbeiten verrichten. In dieser Stufe ist der Fernseher als Hilfsmittel jedoch gestattet.

Stufe 3

Nach ein paar Wochen sollten Sie ganz ohne visuelle oder auditive Stimulanz beim Nichtstun auskommen. Ihre einzige Unterhaltungselektronik ist nun der Kühlschrank, den Sie der Einfachheit halber in Ihr Schlafzimmer gestellt haben. Weiche, breiige Produkte sind nun Ihre Hauptnahrung, denn strenggenommen gehört Kauen schon zu den verbotenen, sportlichen Aktivitäten. Intensives Popeln ist jedoch gestattet und ausdrücklich erwünscht.

Stufe 4

Sie haben es geschafft. Sämtliche Kontakte zur Außenwelt sind abgebrochen. Die Darmtätigkeit ist eingeschränkt. Wenn Sie es mal nicht zum Töpfchen schaffen, wenden Sie einfach Ihre Matratze. Harren Sie der Dinge. Und denken sie an die Anekdoten des Meisters, wie etwa die von den Mückenstichen. Sie kennen doch diese Anekdote des Meisters Lass-Ma?

»*Der Meister lag auf seiner Schlafstätte, als er plötzlich innerlich zuckte. Er warf seine Decke zurück und sah, dass er über und über von Mückenstichen benetzt war. Dabei war es Mitte Oktober. Der Meister brütete ein paar Monate über den Ursprung dieses Geheimnisses. Die Mücken müssten doch eigentlich mal hier herumfliegen, dachte er sich. Ein Jahr später kam ihm die Erkenntnis, als er unter seine Achselhöhle blickte: Dort wohnte eine circa 40-köpfige Moskitofamilie, deren Weibchen ab und an seinen Arm herunterkrochen, ein bisschen Blut abzapften und dann schnell wieder zu ihrer Brut unter die Achselhaare verschwanden. Da lächelte der Meister*

zufrieden, denn er hatte sogar die quirligen kleinen Moskitos
von seiner Lehre überzeugen können.«

Es ist nur noch eine Frage der Zeit, bis dieser Trend die Welt beherrschen wird. In Hollywood ist er schon angekommen. Erst kürzlich sagte Brad Pitt in einem Interview: »Wahre Liebe ist für mich, wenn man auch mal unter der Bettdecke einen ziehen lassen kann.« Der Mann ist auf einem guten Weg.

Ich hatte sie alle

Wenn ich Arzt wäre oder Professor, hätte ich mich wahrscheinlich neulich wie doll gefreut. Denn ich habe eine neue Krankheit entdeckt, direkt in mir selbst. So richtig freuen konnte ich mich also nicht darüber, aber wenigstens hatte ich so die Gelegenheit, ohne viel Behördenstress und Medizinstudium an mir herumzuforschen.

Die ersten Testreihen sind nun abgeschlossen, und ich kann eines mit Sicherheit sagen: Es ist was Genetisches, und ich habe damit angefangen. Bisher hat auch noch kein anderer bei meiner Krankheit mitgemacht, was einerseits sehr schön für die Nicht-Betroffenen ist, andererseits die Arbeit in der von mir gegründeten Selbsthilfegruppe nicht unbedingt erleichtert. Immer bin ich diejenige, die zu meinen wöchentlichen Treffen Getränke und Kekse bringen muss; nun, ich wohne ja auch am günstigsten. Wirklich schade ist, dass es nie jemanden in der Gruppe gibt, der mir mal die Schulter tätschelt und sagt: »Du, in Amerika ist dein Leiden kein Tabuthema mehr. Da gibt es jetzt ganz viele, die sich ganz offen dazu bekennen.«

Allerdings bleibt bei einem solchen Exklusivleiden der E-Mail-Verteiler relativ übersichtlich, und wenn ich was Dringendes auf dem Herzen habe, darf ich immer als Erste mit mir sprechen, auch ganz offen.

Das läuft dann so: »Hallo, ich bin Katinka, und ich leide unter *Bassisten.*«

»Schön, dass du da bist, Katinka, und gut, dass du dein Problem direkt angesprochen hast. Magst du vielleicht mal ganz kurz erklären, was das genau ist: Bassisten?«

»Ja, klar. Also, ich hab mich da ja auch mit der Zeit so ein bisschen kundig gemacht und auch ein paar Notizen mitgebracht … also eigentlich schon so ein ausformuliertes Hand-out … und ein paar Folien … und Dias.«

»Toll, du, find' ich ganz toll …«

»Ja, danke. Also, ich erkläre vielleicht mal ganz kurz für die medizinischen und musikalischen Laien, was das ist, ein Bassist. Bassisten sind streng genommen die Dinger, die immer mit Rockbands rumhängen und so viersaitige Gitarren umgeschnallt haben. Wenn sie kein Instrument mit sich führen, erkennt man sie relativ leicht daran, dass sie bei Konzerten erst kurz vor dem letzten Song einsteigen, wenn sie den Auftritt nicht im Bandbus verschlafen.

Bassisten sind auf der Bühne relativ unschädlich und können in Musikformationen sogar eine gewisse nützliche Funktion ausüben. Manche unterstützen im Wachzustand den Schlagzeuger und bilden dann mit jenem die so genannte Rhythmusgruppe, die gut für den Sound ist.

Auch für normale Frauen sind Bassisten eigentlich

ungefährlich, weil diese sich im Regelfall höchstens einmal im Leben mit einem Bassisten verbinden und danach sofort die lebenswichtigen Antikörper gegen sie bilden. Und genau das kann mein Organismus nicht, ich habe da ein so genanntes *Search&Destroy-Yourself-Syndrom* ...«

»Darf ich dich mal kurz unterbrechen, Katinka? Würdest du also sagen, dass Nancy Spungen, die Freundin von Sid Vicious, auch unter Bassisten litt?«

»Äh, das ist wissenschaftlich noch nicht exakt von mir geklärt worden. Der Fall ist ein bisschen kompliziert, weil sie ja streng genommen nur einen Bassisten hatte, der allerdings wohl ziemlich reingehauen hat.«

»Vielleicht ein hyperallergischer Schock, den Sid da ausgelöst hat ...«

»Also, angesichts der Todesursache möchte ich das mit der Allergie einfach mal ausschließen und ganz gerne anhand meiner Stichpunkte weitermachen, wenn es geht ...«

»Okay, Katinka, mach so weiter, wie du dich am wohlsten dabei fühlst. Ist ja deine Krankheit ...«

»Genau. Äh, ja, also, wie gesagt, das *Search&Destroy-Yourself*-Syndrom bedeutet, dass sich vor, nach und während meines Eisprunges in meinem Körper ein Hormon bildet, das es dem gemeinen Bassisten ermöglicht, sich ungehindert in meinem Herzen einzunisten, also sozusagen immer.«

»Krass. Wann hat das angefangen?«

»So ganzheitlich homöopathisch gesehen, denke ich, dass ich den Erreger immer schon in mir drin hatte, weil ... ich war halt als Kind schon komisch. Meinen ersten realen Bassisten habe ich mir dann mit sechzehn eingefangen.«

»Hattest du davor schon mal einen normalen Freund gehabt?«

»Unglücklicherweise nicht. Ich denke, deswegen konnte sich das Syndrom auch so prächtig entwickeln. Mein erster Bassist, ich nenne ihn jetzt mal Daniel, weil seine Eltern ihn auch so genannt haben, war einerseits schon sehr typisch, was den Ablauf meiner bassistoiden Anfälle angeht, andererseits wusste er zu der Zeit selbst noch nicht, dass er ein Bassist war.«

»Wobei sich die Frage stellt, ob ein Tuberkel weiß, dass es ein Tuberkel ist ...«

»Das möchte ich jetzt nicht so unbedingt auf eine Stufe stellen, immerhin haben Bassisten ja auch durchaus humanoide Züge, wenn sie mal aus ihrem Bett kommen und ...«

»Katinka, das hört man ja oft von dir, dass du immer wieder versuchst, die Bassisten auch noch zu verteidigen. Das gehört wohl zum Krankheitsbild dazu?«

»Jaaa ... aber das tue ich eigentlich nur in der so genannten ›Heißen Phase‹, also wenn es noch zu Körperkontakten kommt und ...«

»... was du in deinem Aufsatz zum Thema das *Andocken an den Wirt* nennst ...«

»Ja, exakt, und im Moment bin ich wieder runter, also ich bin jetzt wieder richtig eingestellt und habe einen Job, um mich gesellschaftlich und sozial wieder zu integrieren und mein Konto auszugleichen ...«

»Ja, Entschuldigung, das hatte ich vergessen. Wenn du gerade einen frischen Bassisten hättest, dann könntest du ja gar nicht hier sein. Also, dann bleiben wir meinetwegen bei dem Fallbeispiel David.«

»Daniel. Er hieß Daniel. Zuerst haben wir uns angefreundet, weil wir beide schlimme Akne hatten und uns gemeinsam umbringen wollten …«

»Bis dahin eine völlig normale Teenager-Romanze …«

»Eben, aber zu dem Termin auf der Brücke ist Daniel nie gekommen, weil er den Jungs von der Schulband über den Weg gelaufen ist. Die hatten schon alle anderen gefragt, ob sie nicht bei ihnen Bass spielen wollten, und Daniel hat natürlich zugesagt. Er war ja so aufgeregt, weil sonst nie jemand mit ihm gesprochen hatte, außer mir …«

»Moment … muss man nicht doch schon mal so einen Bass in der Hand gehabt haben, bevor man in einer Band einsteigt?«

»Nein, das ist ein ganz weit verbreiteter Irrtum. Bass spielen kann eigentlich jeder.«

»Du meinst, ganz normale junge Männer könnten plötzlich zu Bassisten mutieren?«

»Nein, ganz *normal* darf man wohl nicht sein. Man muss schon ein sehr lethargisches Grundwesen und eine Höllenverachtung für die Gefühle anderer mitbringen. Und eine total unehrgeizige Haltung sowie das Talent, die Schuld immer bei anderen zu suchen. Die Faustregel sagt: *Ein guter Autist macht einen besseren Bassist.*«

»Stammt das von dir? Natürlich, was frage ich da, aber rede weiter ...«

»Also, Daniel ging also zur Schulband, statt sich umzubringen, und nach dem ersten Auftritt war er der viertcoolste Junge von der Schule. Nach dem Sänger, dem Gitarristen und dem Schlagzeuger.«

»Was war mit dem Keyboarder?«

»Soll das ein Witz sein?«

»Äh ... nein.«

»Also, ich bitte Sie, Keyboarder sind und waren immer uncool. In unerfahrenen Bands werden sie meistens dazu genutzt, die Boxen zu transportieren, weil der Vater des Keyboarders als Einziger sein Auto verleiht, das dann auch immer irgendwann zu Schrott gefahren wird. Aber das ist ein völlig anderes Thema, ich rede immer noch von meinen Bassisten, klar?«

»Interessant ...«

»Was soll das denn jetzt? *Interessant*, wie Sie das sagen ...«

»Ich finde es lediglich interessant, wie du das gesagt hast: meine Bassisten ...«

»Oje, dieses Scheiß-Psychogequatsche habe ich jetzt echt nötig ...«

»... gepaart mit dieser Aggression ...«

»Kann ich jetzt weitermachen? Also, Daniel war plötzlich cool und wollte sich nicht mehr mit mir umbringen, sondern lieber mit anderen Mädels rummachen, und wenn es dann schieflief, anschließend mit mir darüber reden, dass er sich zu gegebener Zeit doch mal wieder umbringen wollte.«

»Warum hast du dich nicht alleine umgebracht?«

»Wie bitte?«

»Na ja, Gründe gab es ja mehr als vorher. Ich meine, bevor Daniel Bassist wurde. Du warst jetzt völlig alleine mit deinen Pickeln und …«

»Ja, schon, aber da war ich ja schon angefixt, also in meiner ersten *Mutter-Ente-Phase* oder der *Adoptionsphase*, wenn Sie so wollen. Ich habe hier mal eine Kurzdefinition dieses Stadiums skizziert, also:

Ist das persönliche oder sexuelle Interesse des Bassisten an seinem Wirt erloschen, was meist nach drei bis vier Wochen eintritt, wird hierdurch gleichzeitig der Bemutterungsinstinkt im Wirt ausgelöst.

Je nach Alter und Rang des Bassisten beginnt der Wirt nun, sich um alle lebenswichtigen Belange des Parasiten aufopferungsvoll zu kümmern, wie zum Beispiel: Hausaufgaben erledigen, Mappe für die Kunsthochschule zusammenstellen, neuen Verstärker kaufen, Nahrung, jagen, Telefonrechnung bezahlen etc.

Ständige Aufgaben des Wirtes sind und bleiben, unabhängig von der Ausprägung des Bassisten, das Bereitstellen einer Nasszelle, über die ein Bassist nie verfügt, das Erstehen von losem Tabak, den der Bassist immer braucht, sowie das ständige Beteuern des Genies und das halbwegs richtige Erraten von Läufen.«

»Was war das Letzte? Erraten von Läufen?«

»Na ja, also jeder Bassist lebt ja hauptsächlich auf seinem Hochbett, auf dem er sitzt und über die Gesellschaft schimpft. Oder über die Musikindustrie. Wenn er damit fertig ist, schnappt er sich sein Instrument, spielt einen Basslauf vor und fragt dann nach, was er gerade gespielt hat.«

»Und? Ist das schwer zu erraten? Ich meine für Nicht-Musiker wie dich?«

»Nein, eigentlich nicht. Zu Anfang spielen sie immer *Love will Tear us apart*, Kontrabassisten immer *My Bloody Valentine*. Das ist ihre Idee von Romantik, verstehen Sie?«

»Das ist krank.«

»Jedenfalls soll das immer *My Bloody Valentine* sein, hören tut man aber immer nur tschakabum … bumm … bummmbummbumm.«

»Katinka, das ist ja wirklich völlig krank. Ich meine, das hört sich ja alles furchtbar an. Wann, wie und vor allem warum sollte sich irgend jemand einen Bassisten einfangen?«

»Tut ja keiner. Die landen alle bei mir. Ich hatte sie alle.«

»Vielleicht bist du einfach nur total bescheuert. Oder lethargisch *und* nymphoman, mit ziemlich ausgeprägten masochistischen Tendenzen?«

»Das finde ich jetzt gemein. Ich will Bassisten haben, und zwar im Endstadium!«

»Okay, dann haben wir es ganz eindeutig mit einem klaren Suchtverhalten zu tun. Wobei ich gelernt habe, dass eine Suchtsubstanz wenigstens im ersten Moment angenehme Gefühle auslösen muss, um jemanden abhängig von ihr zu machen. Also: Was ist der Kick an einem Bassisten, Katinka?«

»Wissen Sie, Bassisten ergänzen mich. Sie sind das

Yang zu meinem Yin. Denn sie können alles, was ich nicht kann: Bassisten können immer den Rhythmus und auch mal den Mund halten.«

»Katinka, du bist unheilbar. Herzlichen Glückwunsch!«

»Danke ... bummbummbummbummbumm.«

Jenseits von Eden — reloaded

Es geht bergab mit der Wirtschaft. Tausende und Abertausende von Menschen verlieren ihre Jobs und müssen ihren Lebensstandard herunterschrauben. Ich muss das nicht. Ich kann mich schön zurücklehnen und zuschauen, wie sich die anderen langsam meinen Verhältnissen annähern.

Ich bin schon seit Jahren arm. Ich alte Trendsetterin bin den anderen mal wieder um Längen voraus. Ich habe meinem finanziellen Missstand sogar ein paar positive Seiten abgerungen: Ich besitze kein Auto, aber wenn ich mal in einem mitfahren darf, freue ich mich darauf wie ein Golden Retriever, der merkt, dass es endlich Gassi geht. Manchmal ist es den Fahrern unangenehm; viele sind es nicht gewohnt, dass ihr Beifahrer den Kopf aus dem Fenster hält und hechelt. Wenn ich meine Eltern besuche, ist das für mich Science-Fiction. Mein Vater muss mir jedes Mal wieder das Wunder eines Ceranfeldes erklären. Das Geräusch der Spülmaschine ist reine Meditationsmusik für mich, und ich bin so an meine Tröpfeldusche gewöhnt, dass mir der volle Wasserstrahl bei meinen Eltern den Rücken geradezu geißelt.

Natürlich hat Armut auch ihre Kehrseiten. Die Liebe kann darunter leiden. Manchmal denke ich beim Sex: »Machen wir das eigentlich so oft, weil es so preiswert ist?« Aber Armut macht auch kreativ. Nie werde ich vergessen, wie unser Herd uns für immer verließ und wir nur noch Tiefkühlpizza im Haus hatten. Ich legte sie auf ein Stövchen, und mein Freund fönte sie eine halbe Stunde auf Stufe drei. Schmeckte mittelmäßig, aber die Salami lag hinterher wirklich gut, schön geplustert und in leichten Wellen.

Erschwerend zu meiner Armut kommt hinzu, dass ich seit Jahren ganz kurz vor dem Weltruhm stehe. In dieser verzwickten Situation kommt es vor allem darauf an, die Öffentlichkeit denken zu lassen, dass man es längst geschafft hat und Geld keine Rolle spielt. Leider bin ich letztes Jahr doch etwas unsachlich geworden, als mich eine bekannte Boulevardzeitung anrief und nachfragte, ob ich eben mal gratis ein Kurzinterview geben wolle.

»Sie wissen schon, Frau Buddenkotte, die Standardfragen, zum Beispiel: Wen oder was würden Sie auf eine einsame Insel mitnehmen?« Da habe ich die Maske fallen lassen.

»Liebe bekannte Boulevardzeitung«, antwortete ich, »momentan bin ich leider zu abgebrannt, um auch nur mit dem Wochenend-Ticket nach Texel zu eiern, also ergibt sich das mit der einsamen Insel. Und warum fragen Sie nicht mal etwas Originelles, zum Beispiel, wen oder was ich auf eine einsame Insel schicken würde, hm?«

Die bekannte Boulevardzeitung legte auf, und drei Monate später konnte man sich auf RTL die erste Staffel vom Dschungelcamp ansehen. Womit wieder bewiesen wäre, dass man einer nackten Frau sehr wohl in die Tasche oder wenigstens in den Hirnlappen greifen kann.

Aber zum Glück habe ich schon wieder – je ärmer, desto einfallsreicher – ein neues Showkonzept ersonnen, eine Art Crossover-Projekt, dass ich nun bei den Privatsendern anbieten will. Der Arbeitstitel lautet: *Lost im Pott – In drei Monaten von der Silikonstute zum Superproll.*

Zunächst werden Verona Feldbusch, Tatjana Gsell, ein paar VIVA-Blödchen und Victoria Beckham in eine Bruchbude am Stadtrand von Wanne-Eickel gesperrt. Ihre Wochenration besteht aus zehn Kisten Karlskrone, die sie zu Leergut machen müssen, sonst wird ihnen eine neue Nase gebastelt. Das übernimmt Prinz Ernst August von Hannover persönlich.

Die Tagesaufgaben sind in verschiedene Härtegrade unterteilt, am Anfang müssen die Insassen dem Schimmelbefall im Bad mit Zahnbürsten beikommen, sich gegenseitig Knasttränen auftätowieren, zum Ende hin bei Aldi an der Kasse arbeiten. Bis Schichtende. Am Samstag. Eine Jury aus rachsüchtigen australischen Kakerlaken und Leguanen bestimmt, wer das Haus vorzeitig verlassen darf. Da die armen Tierchen aber nicht sprechen können, bleiben sie alle, alle für immer da.

Ich glaube, das wird der Renner. Und ich werde reich. Endlich.

Warum es der Gastronomie so schlecht geht

Frauen sollten gar nicht in Kneipen gehen. Sie machen alles verkehrt:

Eine Frau, die alleine in eine Kneipe geht, um dort Alkohol zu trinken, fällt je nach Konsum in eine der folgenden Kategorien:

Trinkt sie ein Glas Prosecco, ist sie eine Tussi, die keine echten Probleme kennt.

Trinkt sie ein Glas Wodka, hat sie Probleme, die keiner hören will.

Trinkt sie ein Glas Bier, ist sie wahrscheinlich eine Emanze.

Trinkt sie eine Flasche Prosecco, wird sie bald Probleme bekommen.

Trinkt sie eine Flasche Wodka, ist sie das Problem.

Trinkt sie mehr als vier große Bier, ist sie ein Kerl.

Frauen, die alleine in Kneipen gehen und keinen Alkohol trinken, sind Spaßbremsen.

Was gar nicht geht, sind gemischt-geschlechtliche Paare in Kneipen. Wir unterscheiden hier Angeber und

Aufgeber. Aufgeber-Paare kommen nach dem Fern-
sehgucken am Samstagabend, um sich den anderen vor
dem Geschlechtsverkehr noch mal schönzutrinken.
Obwohl beide gleich schlecht aussehen, trinkt er mehr.
Dann nörgelt sie. Dann wird er erst richtig hässlich.
Daraufhin will sie, dass sie miteinander reden. Beide
gehen nach Hause, wo er weder zu sich noch mit ihr
kommt. Unschön, auch für die anderen Gäste.

Angeber-Paare hingegen machen genau das, was der
irische Volksmund als »sein Geld vor den armen Leuten
zählen« bezeichnet: Sie knutschen. Vor den gescheiterten Existenzen an der Theke. Sie trinken zu wenig.
Sie lachen dabei und knutschen noch mehr. Das macht
die gescheiterten Existenzen schon vor dem amtlichen
Siedepunkt (zehn Bier, vier Kurze) aggressiv, sodass
diese vor der Zeit vor die Tür gesetzt werden müssen,
also bevor sie ihren täglichen Beitrag zur Kneipenerhal-
tung trinken und zahlen konnten. Ganz schlecht fürs
Geschäft. Manch ehrlicher Trinker und Stammkun-
de, der zu viel Geknutsche beobachten musste, nahm
sich gar daraufhin das Leben und kam gar nicht mehr
wieder. Oder ging woanders trinken. Beides sehr, sehr
schlecht fürs Geschäft.

Schwule tanzen zu viel und trinken nicht genug Bier,
Lesben reden zu viel darüber, wie gerne sie doch tanzen und trinken täten. Am allerwenigsten jedoch ist
der alleinstehende oder sich alleinstehend gebärdende
Mann in Kneipen zu ertragen. Er versinkt in Selbstmit-

leid und Gin Tonic, versucht auf wortkarg zu machen, allerdings so laienhaft, dass man ihn nicht mit einem Barhocker verwechseln und so behandeln kann. Er heult im schlimmsten Fall, erzählt von wilden Racheplänen, die er hegt und pflegt, und schaut sich dabei mit einem Auge nach einem neuen Opfer um. Kurzum, der alleinstehende Mann kommt in die Kneipe, um Säufer zu werden, wird dort aber zur Frau. Männerrudel dagegen müssen nicht in Kneipen gehen. Männer sind schon betrunken, sobald mehr als drei von ihnen aufeinandertreffen. Frauen in Rudeln müssen nicht sein. Bleibt allein der Wirt. Und sein Hund. Vielleicht besser so, beißt der wenigstens keinen.

Jasper Fforde im dtv

ISBN 978-3-423-21014-0

ISBN 978-3-423-21015-7

ISBN 978-3-423-21049-2

ISBN 978-3-423-21050-8

Bitte besuchen Sie uns im Internet: www.dtv.de

T. C. Boyle im <u>dtv</u>

»Aus dem Leben gegriffen und trotzdem unglaublich.«
Barbara Sichtermann

World's End
Roman
Übers. v. Werner Richter
ISBN 978-3-423-**11666**-4 und
ISBN 978-3-423-**21030**-0

In der Nacht seines 22. Geburtstages rast Walter Van Brunt betrunken und bekifft mit seinem Motorrad gegen eine Gedenktafel. Die Vergangenheit holt ihn ein…

Greasy Lake und andere Geschichten
Übers. v. Giovanni Bandini u. Ditte König
ISBN 978-3-423-**11771**-5

Geschichten voller Action, Witz und Überraschungen.

Grün ist die Hoffnung
Roman
Übers. v. Werner Richter
ISBN 978-3-423-**11826**-2 und
ISBN 978-3-423-**20774**-4

Drei schräge Typen versuchen in den Bergen nördlich von San Francisco Marihuana anzubauen, um endlich ans große Geld zu kommen. Doch das Leben in der Wildnis ist strapaziös…

Wenn der Fluß voll Whisky wär
Erzählungen
Übers. v. Werner Richter
ISBN 978-3-423-**11903**-0

Willkommen in Wellville
Roman
Übers. v. Anette Grube
ISBN 978-3-423-**11998**-6

Zu Dr. John Harvey Kelloggs Tempel der Gesundheit wallfahrtet die gesundheitsbewußte Oberschicht Amerikas…

Der Samurai von Savannah
Roman
Übers. v. Werner Richter
ISBN 978-3-423-**12009**-8

Als der japanische Matrose Hiro Tanaka vor der Küste Georgias von Bord eines Frachters springt, ahnt er noch nicht, was ihm in Amerika blüht… Ein tragikomischer Roman über die dramatische Begegnung zweier Kulturen.

Tod durch Ertrinken
Erzählungen
Übers. v. Anette Grube
ISBN 978-3-423-**12329**-7

América
Roman
Übers. v. Werner Richter
ISBN 978-3-423-**12519**-2 und
ISBN 978-3-423-**20935**-9

»Ein Buch wie ein rasanter Film, in dem Erste und Dritte Welt aufeinander krachen.«
(Elke Heidenreich)

Bitte besuchen Sie uns im Internet: www.dtv.de

T. C. Boyle im dtv

Riven Rock
Roman
Übers. v. Werner Richter
ISBN 978-3-423-12784-4

Der steinreiche Erbe Stanley
McCormick leidet unter sexuellen Wahnvorstellungen und
kann mit keiner Frau allein
gelassen werden – schon gar
nicht mit seiner eigenen.

Fleischeslust
Erzählungen
Übers. v. Werner Richter
ISBN 978-3-423-12910-7

Geschichten über Exzesse,
Mordlust, Sehnsucht und Gier.

Ein Freund der Erde
Roman
Übers. v. Werner Richter
ISBN 978-3-423-13053-0

Mit Sarkasmus und Witz
erzählt Boyle von der Zukunft,
die längst begonnen hat.

Schluß mit cool
Erzählungen
Übers. v. Werner Richter
ISBN 978-3-423-13158-2

Drop City
Roman
Übers. v. Werner Richter
ISBN 978-3-423-13364-7 und
ISBN 978-3-423-21113-0

Eine Hippiekommune zieht in
den 70er Jahren von Kalifor-
nien nach Alaskas … Sex,
Drugs and Rock 'n' Roll – das
große Epos der Gegenkultur.

Dr. Sex
Roman
Übers. v. Dirk van Gunsteren
ISBN 978-3-423-20981-6

USA 1939: Alfred Kinsey
untersucht das sexuelle Verhalten von Männern und Frauen,
und zwar empirisch. John Milk
wird in Kinseys innersten
Zirkel aufgenommen …

Talk Talk
Roman
Übers. v. Dirk van Gunsteren
ISBN 978-3-423-21060-7

»Identitätsdiebstahl«: diese
jüngste Verbrechensvariante
treibt allerorten existenzver-
nichtende Blüten. Die gehör-
lose Dana Halter wird unver-
sehens Opfer eines solchen
Verbrechens und sinnt auf
Rache. – »Einen richtigen
Thriller hat Boyle da hingelegt, ein rasantes Roadmovie
und eine Lovestory.«
(Brigitte)

Bitte besuchen Sie uns im Internet: www.dtv.de